王　景／著

四川大学出版社

特约编辑:陈何真璐
责任编辑:楼　晓
责任校对:霍逸冰
封面设计:墨创文化
责任印制:王　炜

图书在版编目(CIP)数据

行走康巴 / 王景著. —成都: 四川大学出版社, 2014.12

ISBN 978-7-5614-8252-0

Ⅰ.①行…　Ⅱ.①王…　Ⅲ.①诗集-中国-当代　Ⅳ.①I227

中国版本图书馆 CIP 数据核字（2014）第 299580 号

书名　**行走康巴**

著　　者	王　景
出　　版	四川大学出版社
地　　址	成都市一环路南一段 24 号 (610065)
发　　行	四川大学出版社
书　　号	ISBN 978-7-5614-8252-0
印　　刷	郫县犀浦印刷厂
成品尺寸	140 mm×210 mm
印　　张	9.5
字　　数	220 千字
版　　次	2014 年 12 月第 1 版
印　　次	2015 年 1 月第 2 次印刷
定　　价	18.00 元

◆读者邮购本书,请与本社发行科联系。
电话:(028)85408408/(028)85401670/
(028)85408023　邮政编码:610065
◆本社图书如有印装质量问题,请
寄回出版社调换。
◆网址:http://www.scup.cn

卷首语

JUANSHOUYU

通天的山路留有我的脚印，
晶莹的冰峰见过我的身影，
辽阔的草原泊着我的欢笑，
幽深的海子注满我的深情。
那圣洁的雪域康巴，
摄走了我的魂灵。

微信时代的结晶

——闲谈王景诗集《行走康巴》

年初，在微信朋友圈里看到老战友王景行走康巴的图文，立刻就被吸引住了。原以为他只是一时触景生情，即兴晒晒足迹罢了。没想到此后他一直坚持，每天发 9 张一组的行走康巴照片，并根据照片内容配一段百字左右的诗文。这一坚持就是好几个月，光照片就发了一千多张，诗文近两百篇。这下，我服了，对老战友的勤奋和执著钦佩不已。

后来，在一次朋友聚会时，王景告诉我，他的这些照片大部分是今年到康巴地区出差时用手机随手拍摄的，因为康巴高原太美了，就想到发到微信朋友圈与朋友们分享，光发照片觉得单调了些，于是便即兴写了些文字一同发出。瞧瞧，完全是信手拈来，现炒现卖。然而，我想，如果没有高雅的兴致和良好的功底，断然不会有那样的冲动和所为。他还告诉我，起初在微信上发康巴照片并配一些文字，只是想让朋友们分享，也觉得有些好玩。没想到引起了朋友圈的极大关注，如果一天不发或发晚了，朋友们就会问今天怎么啦。当发到六七十天时，不少朋友就建议以后专门出一本行走康巴的画册或诗集。当时他不以为意，可是当他翻出过去数次去康巴留下的诗作时，动心了。他说在朋友们的鼓动下出这本集子，不为别的，就是想让更多的人认识康巴、了解康巴，也为了让更多的人与他一道分享行走康巴、醉在康巴

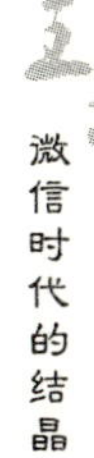

的愉悦。我知道，在朋友圈里，大家对他发的那些表现康巴旖旎风光的照片，无不大加赞赏。有一些朋友就是看了他的照片和诗文后才决定自驾去康巴观光游览的。他的微信点燃了朋友们行走康巴的热望。

收入本集子的诗作，绝大部分是王景在微信上以“行走康巴随记”为题发到朋友圈里给康巴图片配的文字。全书共分五辑。第一辑《壮美高原》，是总体上对康巴高原的概括描摹；第二辑《藏地印象》，是对所到之处康巴风光的简约勾描；第三辑《旅途短吟》，是行走中触景生情时的即兴吟诵；第四辑《醉在康巴》，是行走康巴中美的陶醉及感悟；第五辑《雪域情怀》，表达了对雪域高原的一往深情。五个部分，构成了既独立成章，又相互依存联系的一个有机整体。

把小序当作诗来写，是这本集子的一个突出特点。集子里的每首七言绝句诗都有一个小序。虽然是小序，却写得相当漂亮，文字简洁，意境优美。每首诗的小序都可看作是一首优美的散文诗、新体诗。请看《壮美高原》的小序：“壮美，一座座迤逦大山的刚毅背影；壮美，一条条盘旋云间的登天长路；壮美，一片片连绵起伏的坡地草甸；壮美，一道道幽深峻峭的峡谷深壑。康巴高原，以空阔的寂静延伸着大地的壮美。行走康巴，我常在途中引颈悠悠眺望……”又看《蓝色海子》：“这里的天，这里的水，太蓝，太蓝。蓝得令雪山黯然，蓝得令草原失色，蓝得令人心醉，蓝得令人销魂，蓝得令蓝色这个词，羞愧、无语。啊，天蓝蓝、水蓝蓝的木格措，一个童话般的海子，美绝人寰！”再看《康巴汉子》：“额头上写满岁月的沧桑，眼眶里闪烁信仰的光芒，骨骼中浸润雪山的气质，胸腔内容有草原的宽广，血管里响着马蹄的声音，浑身透着野性的张扬。这，就是康巴汉子给我的深刻印象!”还有《雪域情怀》:“依依地,离别了康巴雪域。然而,我的心,我的情,从来不曾离去。那些惊喜,刻在了冰山雪峰;那些欢愉,播进了草甸原野;那些热恋,融入了湖泊河流;那些感动,填满了沟壑峡谷。所有刻骨铭心的眷顾和挚爱,都停留在雪域。”这些小序,别致、朴实、清丽、优美,如果分行排列,不是诗又是什么?可以这样说,这本诗集里的每一篇诗文,既是小序加七绝,也是新体诗与旧体诗的有机融合。有人认为,新体诗与旧体诗是两种不同美学特质的文学样式,很难结合在一块。其实不然。王景行走康巴的诗作,不是结合得很好吗?读他的这些诗作,既能享受到新体诗带给我们的艺术美感,又能体悟到旧体诗古朴典雅的格律韵味,两者一脉相通并上下辅承,岂不快哉乐哉!

朴实自然而又不乏高雅深刻,是本集子的又一个特点。书中所有诗作的风格都相当一致,每首诗都是七言绝句,无论是写景状物,还是抒情言志,都简明扼要、不饰雕琢,信手拈来,于朴实之中蕴涵高雅和深刻。我特别欣赏诗作中那些朴实无华的口语化表达。因为旧体诗不是白话文体,使得许多人误认为写诗用典越多,写得越深奥甚至每一句诗词都要加注解才好。殊不知诗写得让人费解,正是审美的接受障碍。经过筛选、过滤、提炼的口语,有一种率真、直白的美感,更能直抵内心,引起共鸣。王景的诗,不堆砌华丽辞藻,不刻意觅章用典,不故弄玄虚,不故作高深,总是用大众所熟悉的词汇和语句来表达绚丽的世界和丰富的内心,言简意赅,蕴含丰富,视角独到,富有见地。看看下面几例:“高原之美言难表 / 诗人羞愧词语少 / 纵然画家有神笔 / 也是无力将其描”(第一辑“壮美高原”之《高原之美》);“可别小瞧这点红 / 恰似炬焰映苍穹”(第二辑“康巴印象”之

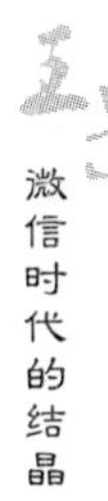

《康巴红赞》)；“车在高高天上行／崎岖过后是坦途”（第三辑“旅途短吟”之《西部奇路》)；“我欲飞天飘然去／融入碧空化祥云”（第四辑“醉在康巴”之《康巴抒怀》)；“康巴汉子多刚烈/壮士为民洒热血”（第四辑“醉在康巴”之《高原赤子》)。类似这种率真、质朴的口语化诗句还有很多，既有自然风光的描述，也有内心世界的抒发，更有理性的感悟和顿觉，读来自然亲切，直达心灵，雅俗共赏，令人酣畅。

这本集子里的每首诗都充满真情，不乏深刻感悟。高尔基曾经说过：“真正的诗，往往是心灵的诗，往往是心灵的歌。”王景的康巴诗作，皆是他内心世界的真情流露，是浸透了情感的文字。举几首诗例看看，他写《冰山雪峰》：“康巴神山多冰雪／堆琼积玉几千叠／霞飞峰巅朝夕时／风光最美天下绝”；他写《高原湖泊》：“一泓碧水雪峰下／晶莹剔透清无瑕／胸襟博大容寥廓／惯看春秋与冬夏”；他写《康巴秋色》：“赤橙黄绿青蓝紫／谁将七彩涂山野／层林尽染映碧水／斑斓之上雪峰丽”；他写《康巴之魂》：“世间万物皆有魂／有魂方显精气神／若问康巴魂何在／勤劳善良康巴人。”这些诗作，情真意切，表达了对康巴高原旖旎风光的极力赞美，抒发了对祖国山河和康巴人民的无比热爱之情。不仅如此，在吟山咏水、说事言物中往往贯穿着一种思考，生出一些感悟。或是对世俗的感怀，或是对尘事的悟觉，或是对人生的反思，或是对自己的检点，凡此种种，皆有感而发，并非无病呻吟，牵强附会。个中的内涵和表达，充满正能量，给人以感召和激励。比如，他在《雪域情结》中说：“心凝雪域情结深／何愁凡尘浮躁多”；又如，他在《幽谷风雨》中讲：“唯有灵魂藏垢处／天公无奈难洗净”；再如，他在《愧不如草》中表白：“自愧不如草之品／小草面前我汗颜。”类似的诗作还有很多，蕴含其中的人文精神、坦荡情怀和高尚境界无处不在，我们难道不能从中受到一点启迪吗?

我不是诗人，也不是诗评家，不想在此涉及更多点评王景诗作的话题。对这本集子的看法，无须多言，相信读者自有体悟。

在诗集《行走康巴》付梓之际，作者王景请我作个序。作为他要好的老战友，我不好推辞，拉拉杂杂写了上面一些话，主要把我知道的一些情况和看法告诉大家。特别想说的是，这本集子，就是作者微信诗文的汇编，纯粹是微信时代的产物和结晶。至于我写的这个东西像不像个序，就管不了那么多了。

许　明

2014 年 12 月 15 日

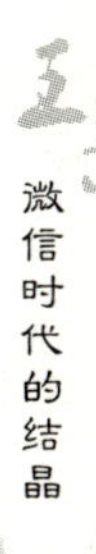

开篇赞语

——自序

康巴，一片美丽而神奇的土地。蓝天、白云、雪山、冰川、湖泊、藏寨、草甸、帐篷、牦牛、牧歌，构成这片土地唯美的画卷；寺庙、白塔、经幡、转经筒、玛尼堆、诵经声，赋予这片土地神秘的色彩。

康巴亦称康区或康巴地区，主要包括四川省甘孜州和西藏昌都地区、青海省玉树州、云南省迪庆州等地。这里的每一寸风光，都是原生态的，天然，古朴，厚重，圣洁，沧桑感、穿透性、震撼力极强。那银光闪烁的冰山雪峰，奔涌腾跃的急流大川，澄澈湛蓝的幽深湖泊，牛羊游动的辽阔草原，以及绚丽多彩的民族风情，无不令人耳目一新，心胸坦荡，神往流连。

过去，听到过许多关于瑞士风光的赞美之辞，诸如“人间天堂”“人间仙境”“世外桃源”等。我没有去过瑞士，但见过不少瑞士风光的图片。行走康巴，我发现这里的好多风光与图片上的瑞士风光十分相似，很迷人。对瑞士风光，我不敢妄加评论。但对康巴风光，我只想说一句话：特有震撼力——美得令人惊叫，美得令人窒息，美得让人受不了。

也许与康巴有缘，这块如此美丽的广袤土地我已走遍，而且去过不止一次。特别是四川省甘孜州，不管是出差工作，还是朋友邀请、专门旅游，算下来，至少已去过20次之多。尤其是2008年和2014年，由于各种原因，去的次数、时间最多，前后加起来，总共在那里待了八九个月，走遍了甘孜藏地的每一个县。去的次数多了，对康巴的感情自然不断加深，以至真正爱上了这块美丽而神奇的土地。

行走康巴，不仅领略到这块土地的美丽风采，更重要的是，康巴高原以其圣洁、古朴、清纯、旖旎的自然风光和高远、博大、率真、沉稳的品性及胸襟，深深地感染了我，让我在欣赏高原风光的同时，思想和灵魂得到了真正的放松和洗礼。在这块土地上，能学到书本上永远也学不到的东西。

朋友，去康巴走走吧，你定会受益不浅。康巴之行，将成为你一生一世的宝贵珍藏和永远的眷念。

开篇所言，信笔涂鸦，不啻赘语，是为自序。

王　景

2014年12月18日

目录

行走康巴

第一辑　壮美高原

3…壮美高原
4…高原如画
5…高原如歌
6…高原如诗
7…大美之地
8…高原日出
9…高原的天
10…高原的山
11…高原的风
12…高原的雨
13…高原的雾
14…高原无尘
15…高原之上
16…高原之晨
17…高原之蓝
18…高原之高
19…高原之美
20…高原之光

21…高原之奇
22…圣洁高原
23…静谧高原
24…多彩高原
25…雄浑高原
26…日浴高原
27…康北览胜
28…康南行吟
29…康巴春晓
30…康巴夏吟
31…康巴秋色
32…康巴冬韵
33…康巴之魂
34…高原月夜
35…高原湖泊
36…高原血脉
37…高原山岚
38…冰山雪峰
39…圣洁天空
40…阳光天堂
41…高原彩虹
42…云雾高原
43…高原皱褶
44…深山峡谷
45…苍茫之美
46…苍凉之美
47…沧桑之美
48…神秘高原

49…立体草原
50…云端草原
51…佛教圣地
52…寺庙钟声
53…经幡世界
54…朝圣之路
55…信仰力量

第二辑　藏地印象

59…藏地印象
60…白色山峦
61…蓝色海子
62…青色河流
63…七色之海
64…美人之谷
65…梭坡古碉
66…丹巴峡谷
67…雅家情海
68…雅拉雪山
69…麦粒神山
70…鲜水河畔
71…玉科草原
72…跑马山上
73…新都桥记
74…泸定桥头
75…卡萨湖吟
76…巴姆七湖
77…宗塔印象

78…康定素描
79…康定新城
80…康定机场
81…西出炉关
82…稻城亚丁
83…炉城一隅
84…雅江小记
85…香巴拉吟
86…康巴江南
87…得荣小记
88…九龙传说
89…理塘印记
90…白玉之地
91…新龙若水
92…新龙小吟
93…康巴红赞
94…丹巴美女
95…甲居藏寨
96…道孚民居
97…甘炉印象
98…炉霍一瞥
99…天边金马
100…金马草原
101…色达佛院
102…佛学圣殿
103…亚青寺记
104…印经院记
105…英雄故里

106…世界高城
107…洛须小记
108…昌都印记
109…新生玉树
110…香格里拉
111…绝美长卷

第三辑　旅途短吟

115…旅途短吟
116…天上之路
117…天上之河
118…天上之湖
119…天上圣境
120…景在路上
121…路上的景
122…雄美险道
123…面对群山
124…西部奇路
125…折多山口
126…卡子拉山
127…高尔寺山
128…过剪子弯
129…过雀儿山
130…过海子山
131…峡谷田园
132…穿越江峡
133…巴朗远眺
134…车过草原

135…草原漫步
136…闲逛草原
137…龙灯草原
138…谷地黄花
139…山间红花
140…弯弯河流
141…三锅桩记
142…理塘草原
143…雪梁险遇
144…稻城途中
145…路遇有感
146…登高有感
147…雅加埂记
148…姊妹圣湖
149…又到塔公
150…炉色途中
151…惊见雪豹
152…藏家乐记
153…途经青海
154…唐蕃古道
155…文成古庙
156…三江源记
157…通天河记
158…远眺大渡
159…高原反应
160…高原之舟
161…草地旱獭
162…天上田园

163…天葬台记
164…大渡河畔
165…雨都掠影
166…湖光水色

第四辑　醉在康巴

169…醉在康巴
170…扎西德勒
171…仓央嘉措
172…圣湖之美
173…康巴抒怀
174…醉人高原
175…醉在歌里
176…迷恋天空
177…沉湎雪山
178…钟情草原
179…崇拜圣湖
180…爱上溪流
181…沉醉多彩
182…向往星空
183…夕照雪峰
184…雪山初晓
185…草上炊烟
186…玛尼堆吟
187…转经简记
188…藏歌醉心
189…迷人锅庄
190…天籁之音

191…爱上高原
192…云在水中
193…塔公草原
194…草原情思
195…草间野趣
196…静听花语
197…六字真言
198…沉稳的山
199…幽谷风雨
200…愧不如草
201…心灵牧场
202…世外桃源
203…高原流星
204…藏寨丽影
205…冰山雪莲
206…格桑梅朵
207…青稞熟了
208…草甸牧归
209…多彩藏房
210…走婚秘境
211…烟雨朦胧
212…二郎山记
213…耍坝子记
214…斜阳西下
215…康巴汉子
216…康巴女人
217…高原赤子
218…藏女翁姆

219…拉姆印象

第五辑　雪域情怀

223…雪域情怀
224…浪迹雪域
225…雪域超度
226…雪域风骨
227…雪域遐思
228…爱在雪域
229…情系雪域
230…雪域飞鹰
231…雪域之雪
232…雪域之静
233…雪域之光
234…雪域怀古
235…雪域冰川
236…雪域温泉
237…雪线小吟
238…雪域印象
239…雪域之恋
240…雪域感怀
241…雪域的云
242…雪域远山
243…雪域秘境
244…雪域消夏
245…雪域石林
246…雪域经幡
247…雪域林海

248…雪域风情
249…雪域红沟
250…雪域红滩
251…雪域红山
252…雪域骑游
253…雪域草原
254…雪域江河
255…雪域峡江
256…登高雪域
257…雪域白塔
258…雪域古城
259…雪域新村
260…雪域生态
261…雪域情结
262…雪域之魂
263…雪域悟雪
264…雪域放歌
265…雪域如家
266…钟情雪域
267…雪域问天
268…雪域感山
269…感恩雪域
273…相似瑞士
274…美冠神州
275…不逊澳新

276…附：微信朋友圈读诗感言摘录
283…后　记

第一辑 壮美高原

壮美高原

壮美，一座座迤逦大山的刚毅背影；壮美，一条条盘旋云间的登天长路；壮美，一片片连绵起伏的坡地草甸；壮美，一道道幽深峻峭的峡谷险壑。康巴高原，以空阔的寂静延伸着大地的壮美。行走康巴，我常在途中引颈悠悠眺望……

重峦叠嶂峰连绵，
雪山晶莹耀蓝天。
海子清澈峡谷深，
茵茵草地淌清泉。

高原如画

高原是一幅油画，群峦层叠，山高水长，展露极强的立体质感；高原是一幅国画，冰山雪峰，云雾飘渺，极富梦幻般的朦胧之美；高原是一幅水彩画，蓝色圣湖，碧色草甸，充满柔润的特殊风韵；高原是一幅木版画，峻峭沟壑，幽深峡谷，凸显棱角分明的粗犷性格…… 行走康巴，穿行于美轮美奂的高原画廊，若梦若幻，如痴如醉。

人说高原好风光，
景色旖旎美画廊。
而今我在康巴行，
如痴如醉入天堂。

高原如歌

一支歌，一支穿越时空、回荡今昔的古老之歌；一支歌，一支发自重霄、声震苍穹的天籁之歌；一支歌，一支大气磅礴、恢宏豪迈的激越之歌；一支歌，一支充满神韵、洒播吉祥的深情之歌。这支歌，是雪域高原之歌，旋律中透着天地的粗犷，声乐中饱含岁月的沧桑，音韵中洋溢时代的激昂。行走康巴，这支歌伴着我，攀雪峰，穿峡谷，过草地、趟溪流……

世上歌曲何其多，
谁把雪域当支歌？
行走康巴惊发现，
高原如歌荡心河。

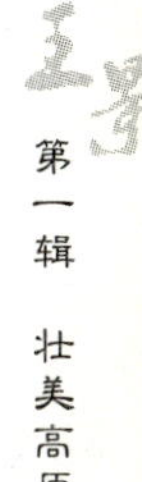

高原如诗

行走康巴，如同徜徉在诗的国度里。雪山草地是诗，意象生动，古朴优雅；蓝天白云是诗，意境辽远，空灵含蓄；溪流湖泊是诗，意味深长，韵律优美；藏家风情是诗，意趣盎然，抑扬顿挫；辉煌寺庙是诗，意蕴丰富，吟啸神秘；五彩经幡是诗，意向鲜明，梵音厚重……圣洁的雪域高原，诗魂氤氲，诗味浓郁，诗风苍劲，到处流动着诗的吟咏。

高原一切皆为诗，
意境辽远蕴含深。
高低起伏韵律美，
情景交融惊世人。

大美之地

轻轻地，走进了这片土地—— 一个名叫甘孜的康藏雪域。山峦、冰峰、湖泊、草地、峡谷、河流、寺庙、经幡，都在轻吟天籁，述说着历史的辽远和天地的空阔。一切美丽的言语形容在这里都显得多余且苍白。大美之地无须多言，只有亲自去了，用眼睛看，用心情看，才能触摸到她的神秘和诱惑，体悟到美的真谛。在这里，只需懒散地看上一眼，便可被摄走心魂。一看心醉，再看心碎，原来美也能变成致命的毒剂。

天地大美康藏地，
言语形容已无力。
唯有身临用心看，
方能体悟美真谛。

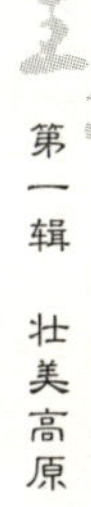

注：甘孜，藏语意为“洁白美丽”。四川省的甘孜州，俗称康巴地区，是康巴藏区的主要组成部分。这里有世界罕见的低海拔现代冰川奇观，千姿百态、巍峨连绵的雪峰，清澈如镜、变幻莫测的湖泊，广阔无垠、色彩斑斓的草原……在甘孜，无论是自然界还是康巴人的生活，都叫人不能不惊叹这里的神奇和美丽。

高原日出

晶莹的雪山之巅，一轮红日冉冉升起，灿烂的霞辉洒向莽原旷野，连绵不断的层峦叠嶂，尽披霞光，高原大地红彤彤一片，美不胜收。行走康巴，每每面对这日出高原的壮丽景色，总抑止不住内心的激动和惊喜。我见过日出东海，不否认那景象很美，很壮观。但我更欣赏日出高原，那种万山通红、层峦飘丹、雪峰闪光、草原流辉的景象，足以摄夺心魂，倾倒芸芸众生。

雪峰层叠托日升，
群峦巍峨举霞飞。
日出高原金辉洒，
山海飘丹无限美。

高原的天

她总是那么高远，高远得无法目及；她总是那么深邃，深邃得不可穿越；她总是那么湛蓝，湛蓝得让人心醉；她总是那么辽阔，辽阔得叫人欲飞；她总是那么纯净，纯净得纤尘不染；她总是那么透明，透明得如同水晶。这就是高原的天，只需看上一眼便会深深爱上，永难忘记。行走康巴，常常抬头望去，感觉上面似乎有个神灵，护佑着圣洁的天空。高原的天，藏地的精髓，绝美的时空，一生的眷念。

雪域康巴纯自然，
最美不过高原天。
恨不能飞上重霄，
融入天穹做神仙。

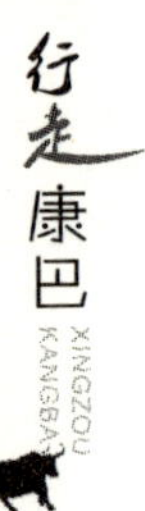

高原的山

高过鹰的，是山；高过云的，是山；高过天的，是山；高过山的，还是山。山，以其挺拔峻峭的伟岸，装点着莽莽高原，撑起了高原的苍穹。高原的山，山之贵族；德高望重，沉稳厚实；丰富多彩，变幻莫测，引人入神。比如雪山，白天，浑身沐浴金辉，晶莹剔透，活力四射；傍晚，恰似亭亭玉立的少女，朦胧而温顺；月夜，像是一把锋利的战刀，在月光下闪闪发光。无论何时，高原的山总能以其独特的风姿，让人赏心悦目。行走雪域康巴，聆听山的喁语，感悟山的品格，察觉到自己多么渺小，一切杂念荡然无存。

山海苍茫漫无边，
群峦层叠起波澜。
最奇雪峰连一线，
天际涌来白浪翻。

高原的风

一支低沉的铜号，在雪域大地鸣响。那是高原之风，掠过我的耳畔，在天地间呼号。那风，或强劲，或轻柔，或炽烈，或凛冽，随心所欲地雕塑着高原万物。行走康巴，游走雪域，不在乎风雨飘摇，只想让静谧的情愫与颤动的心曲飘逸于旷野莽原。一袭素衣，一颗淡泊之心，在风中聆听梵音祭唱，自得逍遥。

风吹高原天地清，
人在风中悠然行。
雪域康巴留足迹，
任凭风击淡泊心。

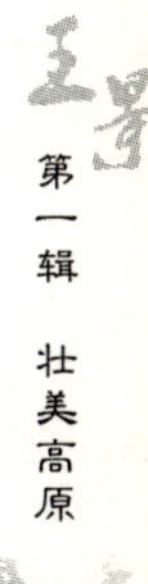

高原的雨

在离天最近的高原，一般说来，雨是有野性的，来得快，去得也快，一如高原的烈马，迅猛、豪放的性格展露无遗。当然，有时也不乏温柔。下雨前，气温骤降，让人感觉很舒爽。雨水刚好把大地湿透，就停了。与其说是下雨，倒不如说是上天滋润了大地。雨后，天空更蓝了，白云更白了，远处的雪山冰峰更清晰了，人的心胸也像被淘洗了似的，净化得更加明亮、轻巧和单纯。高原的雨啊，总是那么痛快，让人期盼和回味。

淅淅沥沥高原雨，
飘飘洒洒润大地。
不管迅猛或温柔，
总是让人心惊喜。

高原的雾

高原有雾。高原的雾不是雾霾的雾，不是烟雾的雾，不是尘雾的雾。高原的雾很多时候如同高原的雨，清丽，清秀，清新。雾，有时是无形的，弥漫了眼睛所及之处，任你怎么极力远望，总望不到边；有时像一根根飘带，缠绕在连绵的山腰，山尖露出雾霭，平添几分妩媚；有时又如晴朗天空的云团，给山盖了个满头，与天连为一体，让人猜想山的高度。雾境如梦，梦境似雾。徜徉在高原的雾里，让思绪在雾中飘扬，亦梦亦幻，心旌摇荡。

烟雨朦胧山色新，
雾霭褪尽莽原晴。
雪域雾中显妖娆，
亦梦亦幻摇心旌。

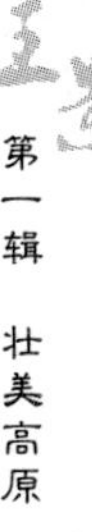

高原无尘

都说，这是一个满是尘埃的世界。然而，在高原，我分明走进了一方净土。天是澄净的，蓝天白云，高远深邃；山是明净的，冰山雪峰，圣洁无瑕；水是纯净的，溪流湖泊，清澈透明；地是洁净的，草甸原野，一望无垠。就连浩瀚的时空也是清净的，不闻尘嚣，不见尘雾，不扬尘烟，不起尘垢。置身于这样一方净土，人也陡然干净起来，断了几分尘缘，少了几分尘虑，除了几分尘毒，大有灵魂洗雪、焕然一新之感觉。

谁说世界尽尘埃，
高原净土耸天外。
雪域无尘多圣洁，
神仙眷恋下凡来。

高原之上

行走康巴，跃上高原，蓦然发现：蓝天之下，高原之上，弥漫着一种亘古不变的诡秘和魅力。神山之威，圣湖之尊，天籁之音，佛界之光，云空之净，天地之清，山川之丽，苍生之淳……无一不彰显高原的非凡和独特。伫立高原之上，被神秘气息包裹，周身平添几分灵气。忽然觉得，岁月如梭，人生短暂，有限的生命不在高原之上见识并熏陶一番，实在非常遗憾。

雪域康巴远尘嚣，
万物有灵发圣光。
触摸神秘上高原，
不枉红尘走一趟。

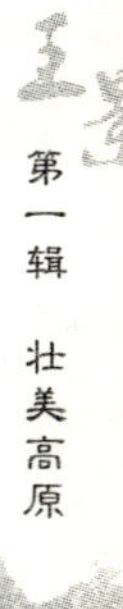

高原之晨

高原的早晨是一幅绝美的图画。天唇地吻，万籁俱静，日轮隆隆，山川披红，充满勃勃生机。活力四射的霞辉，犹如长歌浩荡流向莽原，流向雪峰，流向圣湖，流向草地，注入所有的生命。奇丽的蓝天，逐日的山峰，如梦的炊烟，苏醒的草场，飘动的经幡，宛若一个个美妙音符，跳跃在苍茫大地，汇聚成一支动听的交响晨曲。行走康巴，走进了这样的早晨，披着朝霞的光彩，捧起旭日的光瀑，见证雪域的新生。我偎在高原之晨的怀中，融化在雪域康巴的柔情里，从未有过的激动溢出心池。

冰峰莽原托日轮，
山川大地染红橙。
雪域康巴沐霞辉，
高原唯美是早晨。

高原之蓝

高原上最鲜艳夺目的色彩是什么？蓝色。那是洁净天空的霓裳，是雄浑高原的外套。这蓝哟，常常变幻着俏丽的容颜：碧蓝，蔚蓝，湛蓝，瓦蓝，宝蓝，靛蓝，藏蓝，甘蓝，海蓝，浅蓝，深蓝……大自然像一位高超的魔术大师，在广阔无垠的天幕上任意涂抹挥洒，层出不穷地演绎着蓝色的精魂。不仅天空是蓝的，湖水也是蓝的，就连洁白的雪峰在蓝色天幕下也散发出幽幽的蓝光。行走康巴，蓝色笼罩心魂，从蓝色走向蓝色。

高原之上一片蓝，
天蓝水蓝多变幻。
雪域游荡蓝精灵，
蓝光交织耀人寰。

高原之高

雪域康巴，这片广袤而厚实的土地，兀立高天，海拔多在2000～4000米以上。行走康巴，头顶星月，手牵白云，恍若飞天，感觉自个离了凡尘，入了天界，当了神仙。

横空出世莽高原，
日月星辰总相伴。
嫦娥为我舒广袖，
吴刚比邻同为仙。

高原之美

高原是山峰的王国，高原是冰雪的秘境，高原是阳光的天堂，高原是江河的故里，高原是草甸的老家，高原是多彩的世界，高原是圣洁的雪域，高原是神秘的领地……康巴高原，一个遍地是美、满目是美、美到极致、美得出奇的地方！一切美丽与纯净，都只属于这里。

高原之美言难表，
诗人羞愧词语少。
纵然画家有神笔，
也是无力将其描。

高原之光

高原是光波会聚的天地。那里有天赐的阳光，有冰雪的银光，有神山的灵光，有庙堂的佛光，有湖泊的波光，有旖旎的风光……当然，最夺目的还是高原的灵魂之光。走进康巴，无时无刻不感到高原灵魂之光的大气、庄严和神圣，那沉稳厚重、率真坦荡、宠辱不惊、淡看时迁的魂之光，直抵我们的心扉，浇灌我们的勇气，指引着我们用心体悟非凡的光景。

高原众多光灿烂，
交相辉映耀尘寰。
最是绚丽魂之光，
处变不惊看时迁。

高原之奇

高原，一个神奇的地方。天，蓝得出奇；云，白得出奇；山，高得出奇；雪，净得出奇；湖，绿得出奇；水，清得出奇；人，纯得出奇；夜，静得出奇……行走康巴，让神奇在心湖划起涟漪，去收获领略神奇、探秘神奇的快感！

自从盘古开天地，
高原无处不出奇。
人若有趣走康巴，
定当惊奇叹观止。

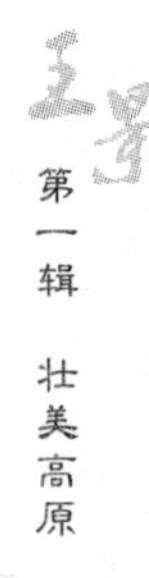

圣洁高原

走进康巴，如同来到一个圣洁的天堂。碧空如洗的纯净，雪山冰峰的洁白，层峦深壑的静谧，溪流湖泊的清澈，森林河谷的幽雅，草甸花草的淡泊，藏寨民风的淳朴，苍茫时空的沉寂……聚合成一个不曾被玷污的原生态天地。整个高原啊，宛若一位超凡脱俗的玉女，通体闪烁着圣洁的光芒。轻轻地，我走在这块土地上，生怕自己哪怕一个小小的不雅举动而冒犯、玷污她的圣洁。

原始古朴莽高原，
清清如许康巴天。
超凡脱俗洁无瑕，
嚣尘净土伊甸园。

静谧高原

高原之美不光在于自然风光的神奇而瑰丽，沉寂宁静更是一种浸入骨髓的大美。这里没有嘈杂的人流，也没有刺耳的车鸣及各种噪音，更没有喧嚣的纷争，除了安宁、静谧，还是安宁、静谧。走进康巴，有时站在圣洁的雪山下或空旷的原野上，静得能听见自己的心跳。这寂静给人以安宁和定力，让心态平和，让灵魂栖息，让思想自由地放飞。

只见莽野漫无边，
不闻尘嚣喧耳畔。
风光壮美却无声，
惟有宁静浸山川。

多彩高原

对于到过康巴的人来说，色彩是让人无法忘怀的记忆。康巴的色彩是丰富的、厚重的、强烈的。天地间那些透明的蓝、圣洁的白、奔放的红、神圣的黄、沉稳的青、浓郁的绿……总是给人以震撼的视觉冲击。尤其是古老的康巴文化和藏族风情，更是多彩多姿，令人陶醉到眩晕。

五光十色耀雪域，
色彩纷呈美高原。
厚重文化更绚丽，
胜过璀璨大自然。

雄浑高原

高原，一个最接近天空的遥远国度，一片最具有阳刚雄风的广袤大地。行走康巴，深为高原那恢宏、磅礴、粗犷、豪放之非凡气势所震撼、折服……

冰山雪峰刺青天，
山脊横亘连不断。
茵茵草地牦牛壮，
白云深处飘经幡。

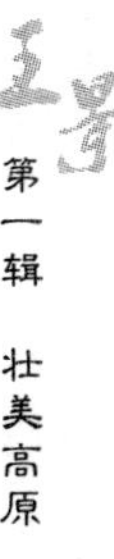

日浴高原

旭日东升，朝霞满天，明媚的阳光沐浴着高原万物，这是康巴最美的图画。伫立高原，看霞光溜过云层，从雪山冰峰的缝隙里穿过，与大地结实地拥抱着，将高原的美色极致地渲染和烘托。我的心随之激荡，两眼放光，在霞光中看到了康巴的希望。

日出东方高原红，
彩霞挂满天尽头。
冰山雪峰光灿烂，
万里河山披锦绣。

康北览胜

太阳升起之时，我与高原上的万物一起苏醒。驱车翻过折多山，一路北进，沿途高山草甸，风景秀丽，犹如一幅幅巨大的地毯覆盖山间。碧空如洗，白云轻飘，草地起伏，成群的牛羊怡然自得，令人沉醉。

层峦叠嶂雪峰俏，
牧场牛羊自逍遥。
山水远近入画屏，
康北无处不妖娆。

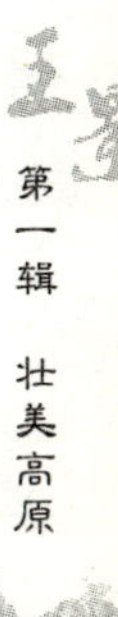

康南行吟

康定至巴塘、稻城一线称之为川藏南路，山多且高，沟壑纵横，感觉一路上总是在上山下山。不过，风光倒也很美。蓝天白云间，茫茫云海浮动山腰，上面是茵茵起伏的辽阔草甸，下面是神秘幽深的沟壑峡谷。雪山、湖泊、河流、森林不少，朝夕之际，烟霞漫漫，光彩夺目，甚是迷人。

千山万壑莽苍苍，
远峰近岭渺茫茫。
长空碧透雪色重，
康南满目好风光。

康巴春晓

高原的冬天是漫长的。三月下旬，康巴才开始有点春的讯息。当春天姗姗来到之时，康巴卸下厚重的冬衣，扭着窈窕的身姿，轻盈盈地走出深闺，犹如一位俏丽、含羞的少女。不过，她那充满青春气息的容颜，一经面世，即刻惊艳四方，非同凡响。

春来高原雪消融，
大地解冻唤雪峰。
湖泊溪流破冰笑，
万物复苏沐煦风。

康巴夏吟

康巴的夏天，充满生机和活力。山青了，树绿了，草翠了，花开了。辽阔的草原呈现一片斑斓，牛羊成群，帐篷棋布，空气清新，氧气充足，爽心悦目。公路上，自驾车源源不断，不时有车停下来拍照。踏青赏花的游人络绎不绝，在蓝天白云下组成一幅天地人合一的绝美画卷。

山青树绿水淙淙，
草碧地翠郁葱葱。
牛羊成群伴牧歌，
花开四野炫苍穹。

康巴秋色

高原四季皆美景，尤以秋色最佳。从道孚八美去丹巴，途中的牦牛沟堪称康巴秋色之经典。一条潺潺作响的绿色溪流从沟底穿过，浪花泛白，水映蓝天；五彩斑斓的色泽铺满了河沟两岸的茂密树木，像是上帝打翻的调色盘；整条河谷七彩缤纷，犹如一条展示高原秋色的巨大的立体画廊。

赤橙黄绿青蓝紫，
谁将七彩涂山野？
层林尽染映碧水，
斑斓之上雪峰丽。

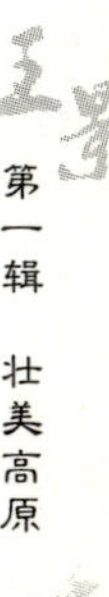

康巴冬韵

冬天，康巴高原展示出一种纯洁无瑕之美。飞雪中，四周白茫茫连成一片，分不清哪是道路，哪是河流，哪是草甸。乍看去，连藏寨、森林、山峦都溶于白茫茫之中，难以分辨。山川沟壑在雪色中显得出奇地静谧、美丽，整个高原成了一个银镶玉砌的世界。

雪盖四野玉茫茫，
山舞银蛇莽苍苍。
湖上冰封溪断流，
天蓝地白闪荧光。

康巴之魂

走在康巴大地，常思考一个问题：康巴如此多娇，引无数游人竞折腰。然而，她有魂吗？她的魂是什么？直到有一天，看到草原盛会上载歌载舞的藏族群众，才恍然顿悟。世世代代生活在这块土地上的以藏民为主的勤劳勇敢、善良朴实的康巴人，不正是这片土地的魂吗？有他们，康巴才如此美丽！有他们，康巴才如此多彩！有他们，康巴才如此充满生机和活力！

世间万物皆有魂，
有魂方显精气神。
若问康巴魂何在，
勤劳善良康巴人。

高原月夜

高原明月时常有，赏月何须待中秋？在康巴藏区，赏月已是家常便饭。在明月高挂的夜晚，看灰蓝或铅灰夜空下寒光闪闪的冰峰，看被镀上银灰色光泽的连绵群山，看皎洁如昼、万籁俱寂的茫茫四野，看月色中波光粼粼的湖光水色，谁还有心思去卧榻安寝呢？

玉盘高悬雪峰巅，
寒光倾泻镀山峦。
四野皎洁万籁静，
唯有月色伴无眠。

高原湖泊

在康巴藏地的大山深处，镶嵌着众多海子，如一块块澄澈的碧玉，静静地沉睡在高原之巅，任由多情的人儿为它们谱写不朽的传说。它们是雪域的一道绚丽风景线，美得令人惊叫，美得令人窒息。

一泓碧水雪峰下，
晶莹剔透清无瑕。
胸襟博大容寥廓，
惯看春秋与冬夏。

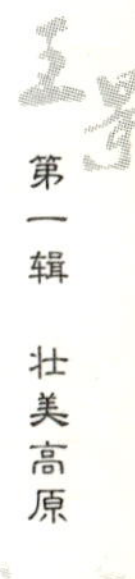

高原血脉

蓝天下，青山间，绿地上，流动着一条曲折蜿蜒、浪花轻漾的小溪，那是高原的血脉在天地间流淌。每一朵浪花里，每一滴水珠中，都有一个精灵在欢快地跳舞。

一条小溪水晶莹，
来自雪峰不染尘。
流过群山和原野，
滋润高原万物生。

高原山岚

行走康巴，常见一奇丽景象：雨过初霁，空气清新，雾气飘动着，若浪起伏，在崇山峻岭中翻腾前行，蔚为壮观。

雨过天晴山清澈，
雾气飘动绕山间。
山在茫茫云海浮，
若隐若现仙境般。

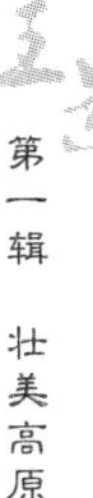

冰山雪峰

康巴高原冰山雪峰甚多，藏族群众奉之为神山。行走康巴，常与神山照面。我对它并非顶礼膜拜，但却心存敬畏。然而，那冰山雪峰的雄姿和旖旎，特别是朝霞辉映和夕阳西照时她的丽影，却深深震撼了我的心灵，让人不能不陶醉在那绝美的画卷之中。

康巴神山多冰雪，
堆琼积玉几千叠。
霞飞峰巅朝夕时，
风光最美天下绝。

圣洁天空

高原的天为什么那样蓝？因为那里没有污染，没有雾霾；高原的云为什么那样白？因为那里没有杂质，没有尘埃。啊，蓝天白云，康巴高原圣洁的魂！天空之下，有清风掠过，我沉重的身体，一下变得轻灵！

长天辽阔一片蓝，
蓝得让人心发颤；
洁白云朵空中飘，
飘来抚动我情弦。

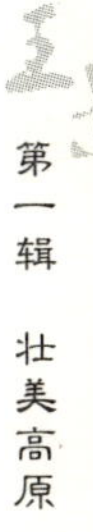

阳光天堂

雪域悠远，岁月无痕；康巴兴盛，阳光普照。站在高高的山冈，看见整个高原都在闪光；徜徉于青青草场，听见灿烂阳光在欢呼歌唱。我被阳光紧紧包裹，在阳光里呼吸，在阳光里沐浴，在阳光里陶醉！

高原万里阳光照，
万物生辉皆闪光。
人在阳光天堂行，
灵魂通透身心爽。

高原彩虹

彩虹，是在盆地很少一见的奇丽天象，在高原却常常与人们不期而遇。走在康巴，雨后初霁，蓦然回首，你会发现，那彩虹就在身边，七彩斑斓，旖旎夺目，横空出世，雄伟壮丽。她像一座奇特的天桥，或横跨雪峰，或横挂草原，或横亘江湖，或横贯沟壑……那景色，很美，很美，让人久久不愿离去。

七色彩练碧空舞。
长天横亘美圆弧。
高原风光本瑰丽，
有此装点更夺目。

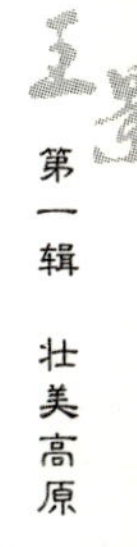

云雾高原

蓝天白云下的高原无疑是美的，云遮雾裹中的高原又何尝不美？行走康巴，见惯了阳光高原，有时看到云雾高原不免惊叹。云雾中，那种缥缈、朦胧的高原景色，恍若仙境，叫人啧啧称奇，久久不愿离去。

山浮云海岭成礁，
峰巅尽在雾中消。
天地朦胧罩轻纱，
云飞雾飘山岭摇。

高原皱褶

高原皱褶是啥？是沟壑，是山脊，是峡谷……那里有辽远的岁月沧桑，那里有数不尽的神奇，那里有太多太多的秘密。

莽莽高原连天际，
不乏沟壑和山脊。
沧海桑田几轮回，
谁人尽解其中密？

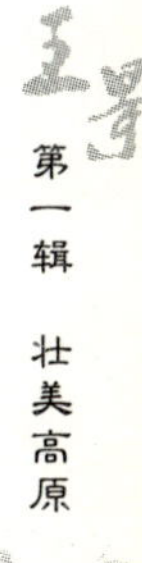

深山峡谷

峡谷是高原最深的皱褶，藏在崇山峻岭之中，不经艰辛跋涉，难以窥见她那令人炫目的雄奇之美。

峡谷深藏大山里，
两面大多耸绝壁。
江流汹涌走深峡，
险恶地带有人居。

苍茫之美

对于在城市生活惯了的人们来说，一上高原，皆有眼前一亮、豁然开朗的感觉。高原上那种天高云淡、空阔辽远的景象，让我们给苍茫之美找到了最好的注脚。走在康巴，时刻与苍茫做伴，对此更是深有感触。

山海苍茫漫无沿，
原野苍茫接远天。
高原无处不苍茫，
苍茫之美甲人寰。

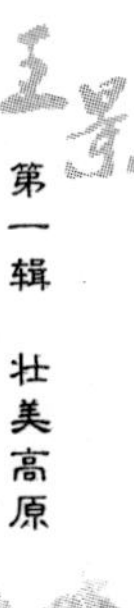

苍凉之美

高原，特别是海拔4200米以上的高寒地带，连棵树都栽不活，一到冬天，不见绿色，十分萧条。然而，看上去却依然很美。因为没有阴霾，一切都很透明，把什么都看得真真切切；因为阳光充足，云卷云舒使光影的画笔更容易造就波诡云谲的神奇；因为简洁明了，稀少的植被几乎使一切都裸露出来，充满直率和真实。这是高原特有的一种苍凉之美。

高寒地带树不活，
山骨裸露草荒废。
但有艳阳扫阴霾，
苍凉未必不是美。

沧桑之美

走进康巴，满目沧桑。无论山峦、沟壑，还是草甸、河谷，抑或是冰川、雪峰，到处是岁月沧桑的痕印，凝结着一种原始的灵动，充满古朴、厚重和野性。行走其间，在高原沧桑中体悟人生真谛，感觉我们自己是多么渺小、多么轻微！

沧海桑田越千年，
康藏世事多变迁。
高原遍布沧桑美，
人生相较何足谈？

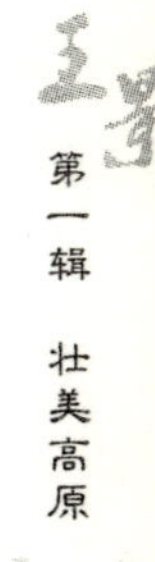

神秘高原

初进高原，总有一种神秘感。那层叠的山峦，那高耸的雪峰，那蔚蓝的海子，那幽深的沟壑，那寂静的草原，那奔泻的河流……一切都是那么神秘！未去过高原的人，对雪域的海拔高度相当敏感，既觉得神秘，又有些恐惧。的确，高原是神秘的。然而，在康巴高原，我获得了猎奇探秘的极大愉悦。

苍茫屋脊远古来，
多少神秘厚土埋。
遍是岁月沧桑事，
猎奇览胜毋徘徊。

立体草原

原以为草原都是平面的，像呼伦贝尔那样，一马平川，一望无垠。到了康巴才知道，草原也有立体的：绿地随山峦连绵，草坪在谷地延展，山地贯通，平斜相交，原野起伏，形似波浪。两相比较，觉得立体草原更有层次感，更有韵味。

坡岭起伏绿茵茵，
河谷蜿蜒草青青。
原野依附山峦走，
山地流溪水晶莹。

云端草原

康巴的草原海拔大多在3000米以上的大山深处，离天很近，置身于此，仿佛鬓发可触白云。去看康巴的云端草原，那才叫真正的浪漫和惬意！

高原并非尽是山，
山中也有大草原。
原野青青近星月，
牦牛放牧白云间。

佛教圣地

康巴雪域，一个神秘的佛教王国，一块虔诚的信仰圣地。那辉煌的寺庙、圣洁的白塔、飘飞的经幡，还有那五体投地的叩首……无不昭示着一个民族亘古不变的虔诚和祈望。

寺庙红墙映蓝天，
佛塔耸立群山间。
无时不闻诵经声，
无处不见飘经幡。

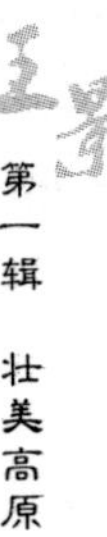

寺庙钟声

高原的路，通向远方；远方有山，山上有庙。庙里的钟声，低沉而厚重，穿过雪山，穿过草地，穿过沟壑，穿过河流，也穿过我的心房……

寺庙森森矗高原，
金碧辉煌映青山。
听得佛钟阵阵响，
穿透天地荡心田。

经幡世界

在康巴，到处都能见到色彩鲜艳的经幡。在山上，在沟壑，在村庄，在路旁……经幡迎风飘动，发出“呼呼”之声，把一种信仰的真言传播四方。

康巴无处不飘幡，
艳丽经幡饰山川。
经幡随风当空舞，
祈祷无声震宇寰。

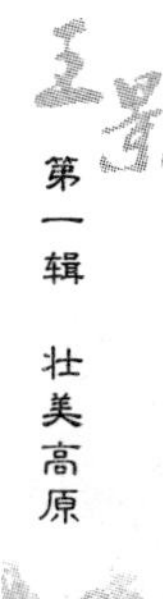

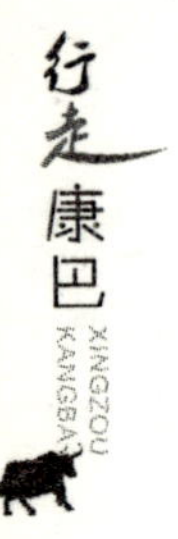

朝圣之路

高原的路曲曲弯弯，不时出现面朝拉萨叩长头前行的朝圣者身影。从他们身上，能看到一种无与伦比的大美，那就是信念之美、虔诚之美、无欲之美……

康巴之路非寻常，
信徒身躯来丈量；
一步一叩行千里，
只缘心中有信仰。

信仰力量

康巴的路，铺满不变的信仰。佛教徒念着六字真言，朝着布达拉宫的方向，一步一长叩，用身体把遥远的路途丈量，结痂结茧的额头，闪耀着虔诚的光芒，有谁，不能为之震撼？在行走康巴的途中，每当看到这样的场景，心里总会涌起阵阵敬意，向他们投去钦佩的目光。

信仰力量有多大？
且看佛徒路上爬。
五体投地朝圣去，
千里叩首奔拉萨。

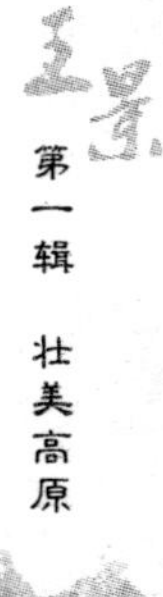

第二辑

藏地印象

藏地印象

那是一片美丽而神奇的土地。蓝天、白云、雪山、冰川、湖泊、藏寨、草甸、帐篷、牦牛、牧歌，构成了这片土地唯美的画卷；寺庙、白塔、经幡、转经筒、玛尼堆、诵经声，赋予这片土地神秘的色彩。每一粒石子，每一捧泥土，都能瞧见远古的辽阔和旖旎。藏地，正发出雪域的梵音。

藏寨别致泛多彩，
群峦峰立雪皑皑。
寺庙佛塔裹经幡，
牧歌牦牛草上来。

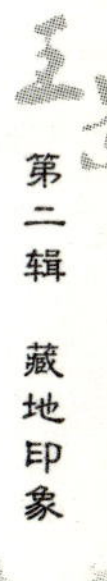

白色山峦

远远地，望着她：一道连绵起伏的白色山峦，像一条银色的巨龙，静卧在高原，横亘在天边。清晨，山峦尽披朝霞，金光浴体，活力四射；傍晚，山峰晚霞映照，通体透彻，尽显妖娆。康巴高原的神韵在这白色山峦上得以淋漓尽致地展露和渲染。山峦上那历经沧桑、圣洁不改的千年冰雪，宣示着一个民族的品质和性格。远远地，我望着她，满怀深深的敬仰。

连绵雪山横高原，
恰似银龙舞天边。
洁白昭示民族魂，
远望冰峰我礼赞。

蓝色海子

这里的天，这里的水，太蓝，太蓝。蓝得令雪山黯然，蓝得令草原失色，蓝得令人心醉，蓝得令人销魂，蓝得令蓝色这个词，羞愧、无语。啊，天蓝蓝、水蓝蓝的木格措，一个童话般的海子，美绝人寰！

圣湖高搁白云间，
水天一色美非凡。
缤纷万物皆失色，
惟有蓝光耀尘寰。

注：木格措是康定情歌风景区内的一个高山湖泊，又名野人海，坐落于贡嘎山脉中段，附近还有其他多个高山湖泊和温泉，原始森林、草原和雪山景观互相交融。

青色河流

静静地，走近她：一条白色山峦下的青色河流，像一条圣洁的哈达，舞动在高原之上，飘飞在天地之间。蓝天在河里延展，白云在水中徜徉，阳光在波上跳跃。雪域康巴因她的存在和流动而充满灵性和温馨。流淌的雪融之水清清如许，映照和包容了整个天宇，昭示着一个民族的博大胸襟。静静地，我走近她，充满深深的敬意。

河流发自雪山巅，
浪花轻漾天地间。
冰融之水清如许，
一片圣洁映苍天。

七色之海

满怀仰慕和喜悦，走近了你。你如一块澄澈的碧玉，静静沉睡在雪峰之下，任由多情的人儿为你谱写不朽的传说。湖水清澈透明，透过水面就像透过空气一样，一切历历在目，温柔碧绿的水色令人赏心悦目。每一滴水中，都有一道彩虹；每一寸水面，都是一片斑斓。

一汪碧水泛七彩，
清澈见底通天外。
冰山雪峰成倒影，
鱼跃湖面玉镜开。

注：七色海位于康定情歌风景区内，与木格措即野人海相邻，是康巴地区著名的一个高山湖泊。湖面不大，但清澈无比，尤其是在周围雪峰、青山、绿树、草甸的映衬下，水呈七色，一片斑斓，格外美丽。

美人之谷

在康巴，说到美人谷，无人不晓。那里的雪山、河流、海子、草甸似乎特有灵气，赋予美人谷里嘉绒藏族姑娘一种天生丽质的风韵。她们的肌肤似乎冰雕玉琢，修长的身材风姿绰约，健美的体态轻盈灵巧，泛红的双颊不乏古朴、典雅的气质。美人谷，一个男人向往的圣地。

墨尔多山有灵气，
美人谷里出美女。
莫道瑶池天仙多，
此地藏妹更靓丽。

注：美人谷紧邻丹巴墨尔多山，此山终年雪盖峰顶，系康巴地区著名的神山。

梭坡古碉

生灵沿古碉脚下的大渡河流淌，时光在山坡绿地上的古碉群越拉越长。微风中，信步弯弯山路，穿行在藏寨的碉楼之间，观赏嘉绒藏族先民们的建筑杰作，驻足仰望，惊叹不已。

古碉鹤立藏寨中，
俯瞰大渡波涛涌。
栉风沐雨千百年，
屹然梭坡傲苍穹。

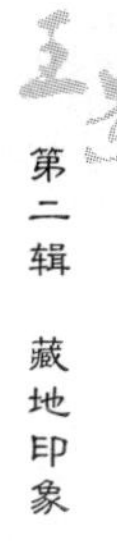

注：梭坡古碉群位于有“千碉之国”美誉的丹巴县境内。“梭坡”藏语意为“蒙古族”，据说古时曾经有大批蒙古人在此放牧，故名。梭坡是整个丹巴乃至全世界范围内古碉最集中的地方。晴朗的时候，在蓝天白云的映衬下，一座座经受了百年乃至千年风雨侵袭、战争洗礼和地震考验的古建筑群傲立在大渡河河谷两岸的悬崖峭壁之间，巍峨壮观，令人叹为观止。

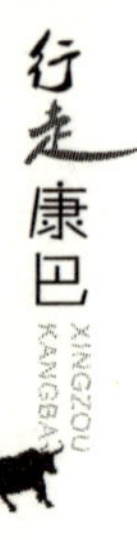

丹巴峡谷

康巴多峡谷，峡谷有街市。丹巴县城建在峡谷里，大渡河从城区穿过，河两岸是高耸延绵的群山，窄窄的街道分布在峡谷两边，楼房高低错落，道路曲折蜿蜒，俯首峡江奔涌，抬头危崖峭壁，令人唏嘘惊叹。幽深的峡谷，繁华的街市，湍急的江河，组合成一幅峻峭挺拔却又不乏秀美瑰丽的高原峡谷小城幽的绝美画图。

谁劈山岭雪域惊？
莽莽高原裂痕生。
巧借天公鬼斧工，
幽深峡谷筑小城。

雅家情海

康定城外不远的地方有个雅家情海，总让人触景生情，感慨不已。这湛蓝的海子，由天下有情人的眼泪汇聚而成；这深邃的海子，聚积了古今无数有情人的泪水；这寂静的海子，不知掩藏多少有情人悲欢离合的故事。雅家情海，天下有情人的眼泪之海，雅致地镶嵌在康巴高原。

世上情海何其多，
情海雅家算一个。
海子深深情人泪，
古今悲欢泪成河。

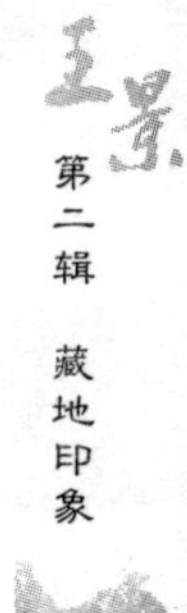

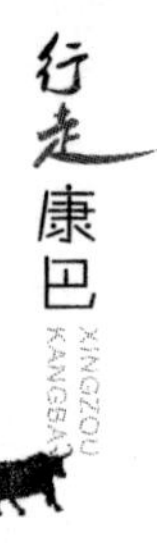

雅拉雪山

山顶终年积雪的雅拉雪山端坐于蓝天之下，像升起的一朵蘑菇状白云，又如祭祀的轻烟。在如花似锦的塔公草原上，远远地，我仰望着，看见她神秘莫测的圣光亘古不变地照彻着康巴大地。正值黄昏时分，雅拉雪山兀立群峦之上，身披霞辉，晶莹剔透，彩云飞渡，仙气氤氲，有如天堂圣境，令人神往。

仰望山巅不见峰，
白云皓雪辨难清。
惟有蓝天映衬时，
方显雄姿尘世惊。

注：雅拉雪山位于康定、丹巴、道孚三县交界处，是康巴地区一座著名的神山。

麦粒神山

在道孚，住雅拉酒店，推窗可见县城对面的麦粒神山。这座形似麦粒堆积起来的山，与城里居高临下的灵雀寺遥遥相对，四周森林环抱，山下鲜水河流淌，景色优美，环境幽雅，是个不错的地方。

早起推窗见青峰，
麦粒沐浴晨曦中。
灵雀诵经声回响，
山麓鲜水若流虹。

鲜水河畔

这是一条金色的丝带，将甘孜数县连结；这是一支充沛的水系，把康巴大地润泽。她流经的地方，两岸风光如画。鲜水河，康巴高原的一道靓丽风景线。

苍山如堤导江河，
汹涌澎湃卷大波。
独立河畔抬眼望，
山高水长白云浮。

玉科草原

在道孚城外不远的一个山梁上，有一个玉科草原，那里的风光足以让人痴迷、癫狂。站在玉科高处望去：连绵起伏的坡丘，连绵起伏的谷地，连绵起伏的花海……我的情怀，我的眷念，一下停靠在这绚丽的地方。

道孚城外小半里，
跃上山梁入美境。
草甸斑斓多辽阔，
绿荫起伏有韵律。

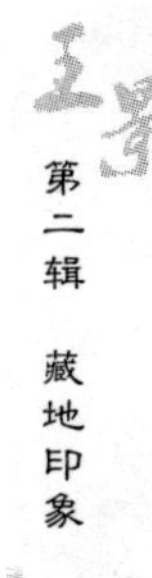

跑马山上

一曲《康定情歌》使康定的跑马山名扬天下。如今，跑马山已成为世界情山，情人、情话、情事、情歌、情韵……组成了跑马山绝美的风景。

跑马山上情事多，
甜美情话落满坡。
林木花草总含情，
虫鸣鸟叫皆情歌。

新都桥记

蜿蜒的河流在天地间静静流淌，闪烁着冰山雪峰的圣洁之光；起伏的山峦在草地上连绵延展，诠释着康巴高原的丰富内涵；扎根雪域的青青杨树活力四射，点缀着极具藏家风情的村寨……

杨树青青徐风吹，
草地茵茵马牛肥，
溪流淙淙村前过，
长空蓝蓝白云飞。

注：康定的新都桥风景区被誉为“摄影家天堂”。草甸、山峦、河流、木桥、典型的藏族民居，以及点缀其间的青杨树，构成了一幅幅美丽画图。

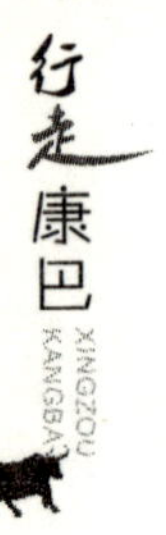

泸定桥头

大渡河上的泸定桥，一座红色的历史丰碑。在它的面前，我仿佛看到了当年英勇的红军战士们铁索上匍匐前行的身姿，仿佛看到了勇士们热血浸透的军衣，仿佛看到了高高举过头颅的那面弹孔累累的战旗……

当年大渡波涛急，
红军铁索写神奇。
而今我立泸定桥，
犹见先烈血染衣。

卡萨湖吟

位于炉霍县境内的卡萨湖，是一个很美的高原湖泊。她把湖光、山色、天景融为晶莹的一体，巧织人间仙境；她把诗句一行行写在水里，珍藏一湖优雅；她以一种细微、体贴的情愫，触及人们灵魂；她静卧于川藏线一侧，落落大方地接受着过往者的目光。

温文尔雅卡萨湖，
水面如镜照苍穹。
乘车路过惊侧目，
湖光山色一望中。

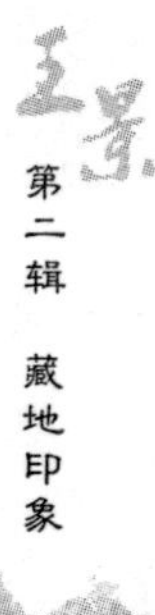

巴姆七湖

康巴高原多奇观，巴姆七湖算一个。巴姆七湖又叫日朗央措七海子，位于乡城县城东面的群山之中，是典型的高山冰斗湖泊群。七湖连阶，间以瀑布相连，湖与湖之间不过百米。飞溅的瀑布与宁静的海子、瀑布的雪练银珠与蔚蓝的湖光水色，形成了对比强烈的绝佳景致，可称为世所罕见的自然奇观。当我和我的朋友们走近它跟前时，竟不约而同地张大嘴巴，发出了声声惊叹。

高山冰斗造巴姆，
七湖连阶水通途。
瀑飞静海生七彩，
绝对奇观天下无。

宗塔印象

什么是立体草原？走进炉霍的宗塔草原我才真正明白。看吧，山连着坝，坝随着山势延展；坝在山地里，山在坝里头；山与坝夹着森林，森林点缀着坝与山；坝子、山坡、森林浑然一体，在盛夏的季节披上霓裳，七彩斑斓，宽阔无边。印象最深的是，著名的康巴狐狮神山满载着历史的印迹静卧于草原中心，仿佛沉浸在无尽的朝拜中。

满目是山不是山，
说是平川非平川。
坡地起伏翻青波，
草甸山岭紧相连。

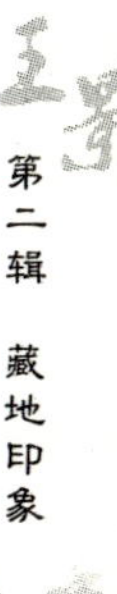

康定素描

康定，川藏咽喉，情歌故乡也。徜徉康定街头，能真切触摸到那氤氲天地、萦绕寰宇的情歌之魂。在这里，我的每一次呼吸，都幻化成爱的音符，在波光粼粼的折多河上，跳跃，流淌。

跑马山下打箭炉，
闹市依偎折多河。
雪融之水穿街心，
涛声经久吟情歌。

康定新城

在距离康定老城三公里多的地方，奇迹般地崛起了一座新城。天高云淡，雪峰连绵，青山环绕，溪水潺潺，将一群融入康巴元素、极具藏式特色的现代建筑，衬托得无比妖娆。摩登雪域，天护神佑，有朋自远方来，红尘不染其心，此乃新城之秘要也。

康定新城雪山下，
现代气息罩康巴。
谁说藏地还落后？
天佑神助正追跨。

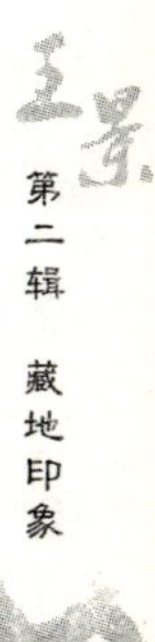

康定机场

康定机场位于康巴高原的折多山上，海拔 4200 多米。从成都乘机飞康定，空中时间约 40 分钟，大大减少了地上乘车翻山越岭、长途颠簸的鞍马劳顿。远赴康巴，转瞬即至，行游雪域，悠哉快哉！

跑道横卧折多山，
机场高高抵拢天。
一道航线连川康，
神鹰起落转瞬间。

西出炉关

炉城康定系旧时茶马古道上的重要驿站。如今，炉城内外均建有记载茶马古道史事的各种雕塑和标志。来到这些雕塑和标志面前，仿佛又看到了旧时茶马商队西出炉关的繁华景象，听到了古道上叮叮当当的马队铃响……

旧时炉城不寻常，
茶马古道声名扬。
跑马山下觅史迹，
西出炉关闻铃响。

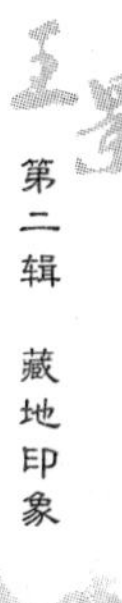

稻城亚丁

行走康巴，蓦然发现自己走进了一个绝美的天堂。那里是凡尘净土，雪山圣洁，湖泊清澈；那里如人间仙境，草地茵茵，流水淙淙；那里似梦里禅国，满目经幡，神山威仪；那里像世外桃源，没有纷扰，幽雅宁静……那里就是稻城亚丁——人类最后的香格里拉，一个神仙缱绻的圣洁之地。

神山皓雪映苍天，
湖泊幽深照人寰。
清溪蜿蜒草上流，
佛钟响彻伊甸园。

炉城一隅

在康定，住格萨尔宾馆，推窗见山。山势陡峭，直耸云端，危岩嶙峋，高悬头顶，大有风吹草动即可滚落之势。康定地形狭窄，四面环山，少有平地，像这种推窗见山、危岩临窗的建筑较多。不过，那些高耸的巨石危岩都很稳固，久经考验，决不会轻易滚下，大可不必惊慌、恐惧。

险峰昂首立窗边，
怪石狰狞头上悬。
炉城此景不足怪，
危岩压顶乃奇观。

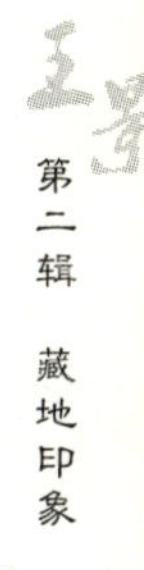

雅江小记

位于康巴地区腹地的雅江，古称河口，立于雅砻江畔和茶马古道上，有“茶马古道第一渡”之誉。县城所在地为高山峡谷，地势狭窄，眼界不宽。但出城西去，跃上山梁，草原在望，一览无余。正如清代诗人李苞在《过雅江西行》一诗中所云“咫尺风土异，苍茫宇宙宽”。这也恰好说明了雅江处在高山峡谷与康巴草原的过渡带的特殊地理位置。

雅砻江畔古河口，
茶马古道第一渡。
高山峡谷眼界窄，
出城西行目无阻。

香巴拉吟

传说中，香巴拉是一个绝尘净域，神秘得让人不忍离去；是一方旷古秘境，神奇得让人惊叹不已；是一片七色乐土，神圣得让人顶礼膜拜。如今来到乡城，突然发现，香巴拉并不遥远，就在我的眼前，正怒放出花一样的美丽！她让我一见倾心。

三河并流润小城，
白色藏寨特有名。
山水田园香巴拉，
充满妩媚与诗情。

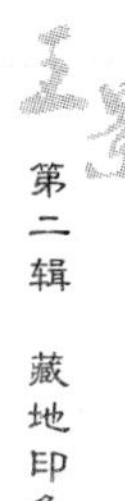

注：三河即硕曲、定曲、玛依三条河流。三河并流的乡城，最为靓丽的莫过于白色藏寨，充满独特的妩媚和诗情画意。

康巴江南

在甘孜南路与西藏芒康接壤的地方，有一座小城静静地伫立在牧草丰美、土地肥沃的辽阔坝子上，这就是历史上曾与康定齐名、在康巴人心目中十分显赫、神圣的高原重镇——巴塘。她的秀美，她的富饶，她的恬淡，她的安详，无不让人流连。

白狼古国曾为都，
鹏城巴安地富庶，
山川旖旎弦子美，
不逊江南赛明珠。

注：巴塘史称“巴安”，县城所在地因其地形地貌似大鹏而被称为“鹏城”，曾为白狼古国故都。巴塘山川秀美，物产富庶，被誉为“高原江南”“康巴江南”。

得荣小记

甘孜州的得荣，藏语意为“峡谷之地”，古称“得隆”，东汉时为白狼羌地。这里阳光充足，当地藏民笃信佛教且崇拜太阳，因此得荣被喻为“太阳之谷”。太阳谷以险、峻、奇、秀的自然风光和灿烂的康巴文化、独特的民族风情闻名于世，吸引着八方游人。

白狼羌地古得隆，
峡谷之地光照足。
相传普贤曾到此，
一住千年太阳谷。

注：关于太阳谷的来历，有一个美丽的传说。相传很久以前，峨眉山的普贤菩萨思乡心切，一日竟然乘坐白象偷偷外出，向故乡飞去。不料，途中一道穿云破雾的金光挡住了去路。普贤拨开一看，只见下面葱翠的山谷里阳光普照，一派祥和，心中大喜，遂降入谷中，不觉忘记了寂寞和烦恼，一住就是千年。从此以后，笃信佛教且崇拜太阳的康巴人，便将这个令普贤乐不思归的地方叫作“扎西尼玛龙巴”，汉语的意思就是“吉祥的太阳谷”。

九龙传说

康巴有个九龙县，九龙县有个伍须海，伍须海有个美丽传说，说的是一个动人的神话爱情故事。故事的男主人公早已化作海子对面的雪山，一直翘首等待着他深爱的恋人归来。千万年过去了，“痴情男”还立在那里。人们说，那终年不化的皑皑雪峰，是他愁白了头；山麓那两股温泉，便是他日夜思念恋人流出的眼泪。

九龙最美伍须海，
爱情之花水中开。
郎化雪山情不移，
苦等恋人再归来。

注：相传，九龙的伍须海里住着一位美丽动人的仙女，与藏族青年东热吉布是一对衷情恋人。有一年，东热吉布应邀赴贡嘎山做客去了，两条恶龙趁机强占伍须海，仙女斗不过恶龙，只得忍痛弃海返回天宫。东热吉布归来时，用一对白海螺斗败了海里的恶龙。但仙女已经走了，无法再回凡间。东热吉布悲伤至极，最终化作雪山，一直在那里守望，苦苦等待仙女归来。

理塘印记

理塘县城海拔 4014 米，是甘孜藏区仅次于石渠的第二高城。外地人去后，大多会有高原反应，特别会感到氧气不足，呼吸急促。但是，那里风景异常秀丽，尤其是雪山、湖泊、草地、寺庙，如诗如画，被誉为“中华高城”“雪域圣地”“草原明珠”。每年去那里旅游观光的人络绎不绝。

中华高城耸天云，
游人身临呼吸紧。
幸喜理塘风光好，
缺氧不碍旅游兴。

白玉之地

甘孜白玉县北有海子雪山，日照如白玉，故名。相传，唐代文成公主入藏与藏王松赞干布和亲时，曾路过此地小住。一日，公主在村边小溪畔梳洗完毕，梳子上落下不少头发，她捡起梳落的头发深思良久后，让侍女将头发撒在山谷草坝之中，从此此地得名“扎盘”，意为“撒头发之地”。

雪山日照如白玉，
文成进藏曾栖息。
溪畔梳妆撒落发，
扎盘名垂康藏地。

新龙若水

雅砻江古称“若水”，流入新龙境内后，形成奇、险、幽、峻的新龙大峡谷。新龙县城位于雅砻江畔，若水汹涌，咆哮而过，所向披靡，义无反顾。出差新龙，所住宾馆临窗可见若水，其汹涌澎湃之势，印象极深。

峭岩壁立雅砻江，
桀骜不驯水疯狂。
两岸青山留不住，
一路咆哮震山冈。

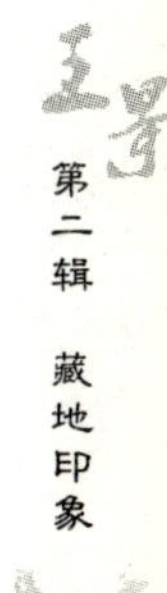

新龙小吟

甘孜的新龙历史悠久，古称“瞻对”，别名“梁茹”，藏语意为“林间的河谷”。因其处于全州腹心地带，又有“肚脐县”之谓。新龙汉子是典型的康巴汉子，粗犷彪悍，威武雄猛，策马飞奔草原，头上一束人称“康巴红”的盘头红发辫极为醒目耀眼，将康巴汉子的血性展露无遗。

甘孜腹心肚脐县，
林间河谷古瞻对。
梁茹汉子策马奔，
康巴红辫火样飞。

注：新龙县城处于雅砻江畔的高山峡谷地带，故有别名“梁茹”，即“林间的河谷”之意。

康巴红赞

在甘孜新龙，汉子们头上都盘绕着一束红发辫，人称“康巴红”。啊，火一样的康巴红，映红高原，照亮康巴，傲视天地，尽展雄风。瞧，那些头顶康巴红的汉子们，多么潇洒！多么威猛！

盘头一圈红发束，
康巴汉子显威猛。
可别小瞧这点红，
恰似炬焰映苍穹。

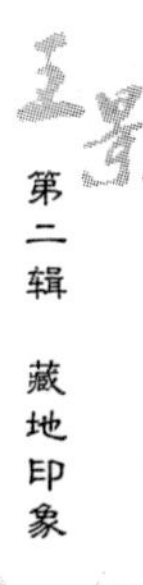

丹巴美女

来到丹巴，身边不时走过一个个面容姣好、婀娜多姿的美女，宛若仙女下凡。听人说，她们都来自丹巴的美人谷，是金凤凰的化身。

丹巴有个美人谷，
美人谷里美女多。
神仙见了思下凡，
活佛见了喊还俗。

注：相传，很久很久以前，一只凤凰飞到了丹巴墨尔多山的一条山谷，随后化成千千万万美丽迷人的美女。从此，墨尔多山成了美女如云的神山，那条山谷有了“美人谷”之称。

甲居藏寨

蓝天白云下，山野坡地上，一幢幢藏式楼房洒落在绿树丛中，不时炊烟袅袅、烟云缭绕，与充满灵气的山谷、清澈的溪流、皑皑的雪峰一起，组成了一幅田园牧歌式的画卷。这就是曾被评为“中国最美的六大乡村”之首的丹巴甲居藏寨。看来，这里的先民们还真会取名。甲者，第一位也。甲居藏寨，不就是首屈一指的藏式民居村寨吗？

藏寨有名叫甲居，
名中注定是第一。
甲居居甲不负名，
最美乡村名不虚。

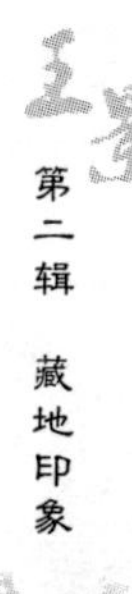

道孚民居

在道孚，最引人注目的是那些色彩艳丽的藏族民居。这些藏房皆为木质构架，多用棕色颜料染涂，其间配以红、蓝诸色，在蓝天、白云、青山、绿水的映衬下，幻化成妙不可言的积木图案。

藏房醒目山水间，
积木穿逗纯天然。
雕梁画栋多色彩，
内中华丽赛宫殿。

注：道孚民居以其独特的建筑风格和奇特的建筑艺术著称于世。因此，道孚被誉为“中国藏民居艺术之乡”。

甘炉印象

康巴地区的甘孜、炉霍两县，虽然海拔都在 3200 米以上，高寒缺氧，但城市规划及建设甚好。街道宽阔，市井闹热，人气兴旺，特色鲜明，景色天然，风光秀美，看起来比内地许多县城都顺眼，一点也不像处在康藏高原偏远之隅。

偏远康藏有高城，
繁荣摩登使人惊。
若非身临亲眼见，
如此洋气孰能信？

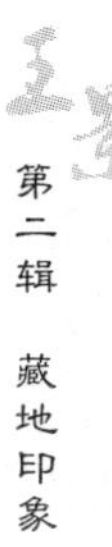

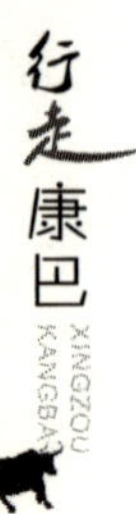

炉霍一瞥

在炉霍，住县城会展中心宾馆。窗外山峦层叠，雪峰在望，坡岭葱翠，天蓝云白，红顶藏房格外绚丽，俨然一幅绝美的油画。

层峦叠嶂山色翠，
雪峰鹤立白云飞。
藏房多彩映碧空，
凭窗不倦眺千回。

天边金马

色达，甘孜州的一个县城，藏语意为“金马”，所处之地为“金马草原”“金色牧场”。色达富含金矿，又叫“黄金之乡”，是一个高原风光旖旎、牧场景色秀丽的地方。由于色达地处与青海接壤的川西北边缘，所以称之为“天边的金马”。

西蜀天边有金马，
金马就是金色达。
色达地处金牧场，
牧场辽阔金光洒。

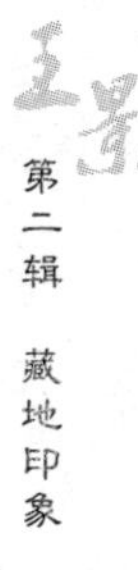

金马草原

八月，色达所处的金马草原散发一种宁静、洁净的美。那些牧草丰美、野花烂漫的坡地，延绵起伏的山脊，黑色的牦牛和白色的羊群，以及随风飘悠的牧歌，像音符一样在蓝天白云下流动着。置身其间，心胸壮阔，目及辽远，有一种通向世界极地，无限苍茫的感觉。

黄金之乡色达县，
风光最美金草原。
绿野起伏望无垠，
牛羊游动花草间。

色达佛院

这里是信仰的圣地，这里是修行的王国。位于色达的喇荣五明佛学院举世闻名，分扎巴、觉姆、居士三个区。僧人的住房即扎空，围绕喇荣寺层层叠叠依山而建，盖满了山坡和沟谷，远远望去，寺庙辉煌，佛法氤氲，木屋层叠，居所壁立，山城横亘，蔚为壮观，极具震撼力。

区区色达一小县，
赫赫声名佛学院。
寺大僧多世无双，
扎空层叠筑满山。

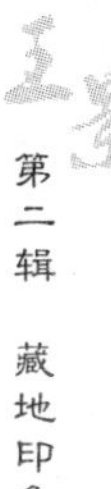

佛学圣殿

在甘孜色达，每年到五明学佛修行的僧人络绎不绝，无数人来此寻找灵魂深处最干净的归宿。每天日落时分，当一座座城市、一个个乡村、一块块土地沦于黑暗，它依然笼罩在一片佛光之中。金色的黄昏，红色的房屋，闪光的佛塔，辉煌的庙宇，飘动的经幡，诵经的梵音，似乎昭示着在这海拔 4200 多米的地方，你能找到永恒，释放灵魂。

佛学高校大圣殿，
红衣汇聚苦修研。
扎巴觉姆习五明，
虔诚之至乃空前。

注：在五明佛学院，僧人们研习的“五明”指的是藏传佛教的五门学科，即：声明，工巧明，医方明，因明，内明。

亚青寺记

在白玉，亚青寺总是给人的心灵以强烈震撼。这座寺庙建在四面环山的草原湿地上，纵横交错的河流和数万间修行者居住的小木屋包围了整个寺庙的建筑群，宛若佛国小镇。每当清晨或黄昏，寺庙沐浴霞光，河上波光粼粼，屋顶炊烟弥漫，诵经声随风远远传来，犹如天籁，动人心弦。

青涩木屋缀满滩，
河流交错裹寺院。
总在清晨黄昏时，
诵经声声动心弦。

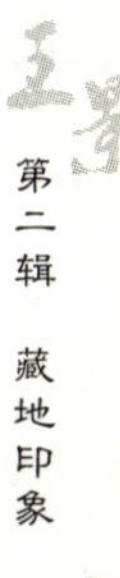

印经院记

素有“藏文化大百科全书”“藏族地区璀璨的文化明珠”“雪山下的宝库”盛名的德格印经院，始建于1729年，坐落在德格县文化街，系全国重点文物保护单位。印经院从传统的藏式建筑到经架上重重叠叠摆放的木刻印版乃至精美的壁画、雕刻等，都是珍贵的文物。特别是院内完整保存的27万余块印版，在当今世界是绝无仅有的。走进印经院，无人不惊叹，皆云其作为世界文化遗产实乃当之无愧。

红墙高耸青山间，
绿树婆娑掩寺院。
绝版印经乃瑰宝，
文化遗产千古传。

英雄故里

德格，康巴高原上的一个弹丸县城，因是古代藏族英雄格萨尔的故里而闻名于世。走进德格，不仅能看到富有神秘色彩的旖旎风光，还能听到关于格萨尔王的史诗般的英雄传奇。

县城虽小却有名，
缘于英雄诞生地。
格萨尔王早作古，
不朽史诗天下知。

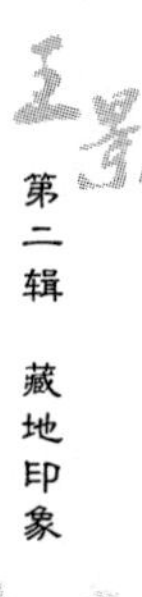

世界高城

石渠县城海拔 4268 米，是整个四川省乃至全国海拔最高的县城。花开草原的时候，石渠被草原花海所包围，显得异常美丽。但是，由于海拔太高，空气含氧量不足，外来人普遍感到头晕……

石渠海拔四千三，
城区高上白云巅。
徜徉街市人恍惚，
轻轻飘飘如飞天。

洛须小记

海拔 4200 多米高的石渠县城，高寒缺氧，环境恶劣，栽不活一棵树。然而，离县城 70 多公里、位于金沙江河谷地带的洛须镇，却草木葱翠，植满了各种瓜果，被誉为石渠的“塞外江南”。这里海拔虽然也不低，有 3200 米，但含氧量较石渠高，空气湿润，光照充足，灌溉水源丰富，有着发展农业较好的自然条件。我们在石渠县城大都有高原反应，来到洛须头也不疼了，吃饭也香了，觉也睡得着了，真有种从天上落到大地的感觉。

辞别石渠进洛须，
好似空降下天梯。
金沙水畔山色翠，
林木葱茏气不虚。

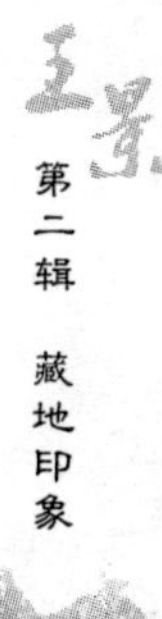

昌都印记

赴甘孜德格，乘飞机途经有着“藏东门户”“藏东明珠”之称的西藏昌都。这里险峰峻岭，沟壑纵横。昌都城环山而抱，傍水而依，既有“山城”的秀丽，又具“江城”的风采。走进昌都，印记最深的是，那些泛着红色或偏红棕色、紫红色色泽的山地或土壤，迷醉了我的双眼。

藏东门户一明珠，
险峰峻岭多沟壑。
山环水绕江城丽，
丹霞尽染山岭坡。

新生玉树

乘机从成都飞往青海西宁，再转机飞玉树，尔后乘车去石渠。在玉树，惊讶、感慨于这座城市的灾后重建。四年前，一场大地震摧毁了玉树；四年后，一座新型现代化城市在地震废墟上，昂然崛起。

震魔摧城四年前，
灾地崛起天地翻。
伫立高坡望新市，
玉树重生惊人寰。

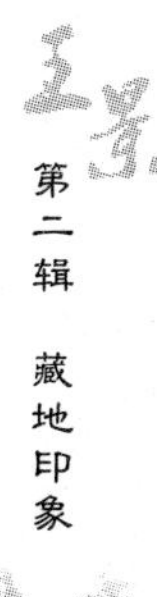

香格里拉

云南迪庆州的香格里拉县，原名中甸县，系康巴藏区重要组成部分。香格里拉，藏语意为“心中的日月”。1893年，英国著名作家詹姆斯·希尔顿在其长篇小说《消失的地平线》中，称中甸为“香格里拉”，是“一个远在东方群山峻岭之中的永恒和平宁静之地”。如今，当我来到这里，真真切切地被她迷住了。

雪山环城耀蓝天，
金沙为池波光闪。
湖泊棋布水晶莹，
果然仙境不虚传。

注：香格里拉地处青藏高原东南缘横断山脉三江纵谷区东部，沙鲁里山脉由四川甘孜入其境内，分两支将县境东西两侧包围；金沙江从土照壁进入县境，南流至金江乡撒苏碧与丽江石鼓之间，突转向东北，至洛吉吉函流入四川，将县境南部包围。故香格里拉形成两头窄、中间宽、“雪山为城，金沙为池”的雄伟态势。全县湖泊多达298个，如一块块宝镜镶嵌在雪峰之下、草甸之上、山岭之中。

绝美长卷

走了康巴许多地方，深切感到，康巴藏地，真乃绝美长卷，确实是一个神仙缱绻之地，是上天留给人类的一块净土，是最后的香格里拉。

悠悠白云举头见，
茵茵原野铺眼前。
澄空碧透雪山立，
圣湖幽雅比天蓝。

第三辑

旅途短吟

旅途短吟

行走康巴，山高路长，旅程艰险。然而，沿途壮美秀丽的高原风光却非常养眼，足以消除旅途中的鞍马劳顿。行无羁，思无邪，心无累。

康巴天生风光好，
一步一景皆绝妙。
乐把行走当旅游，
享受自然忘苦劳。

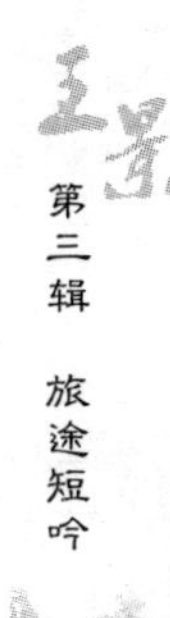

天上之路

康巴高原的路，海拔大多在3000米以上，有的可达5000多米，可谓天上之路。如果翻越高山峻岭，从山下到山上，山道弯弯，折来折去，盘旋而上，犹如登天，直达云霄。晴好时，路在蓝天白云间延展；阴沉时，路在云烟雾海中穿行。这样的路，不叫天路还能叫什么？

天路曲折卧高原，
高原天路通云端。
云端纵横天之路，
天之路上风光艳。

天上之河

康巴高原的河，发源于云天之上的冰山雪峰。河水在高原流淌，犹如在高天奔泻。不管这河的海拔有多高，总要从天上流到地上，一直向东，流入海洋。高原的河，天上的河。河里流淌的是银河之水，所以才那么清澈，那么圣洁。

天之河水天上来，
源头冰峰耸天外。
清澈无瑕走高原，
矢志不渝奔东海。

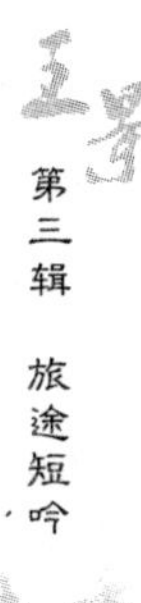

天上之湖

康巴高原的湖，不光因为其所处海拔高而被称为天湖，更主要的是，湖水湛蓝，宛若青天；湖水清澈，犹如碧空；湖水深邃，好比风云莫测的九天重霄。即使一个小小的湖泊，也能装下整个广袤天空，囊括所有云朵。站立湖畔，犹在天边。面对一湖碧水，不知人间天上。

康巴不乏天之湖，
天之湖在云高处。
高处碧空飘白云，
白云朵朵水中浮。

天上圣境

在四川盆地待久了，一上高原，会突然有豁然开朗、心旷神怡的感觉。天是那么蓝，云是那么白，大地是那么宁静，山川是那么晶莹，视野是那么宽广，看得是那么辽远……让人觉得到了天界。是的，康巴高原，没有尘垢，没有雾霾，没有喧嚣，没有纷争，一切都是那么天然、随意、澄明、淳朴，是真资格的天之圣境。

冰峰雪山擎天立，
草甸溪流镶原野。
时空寂静光灿烂，
康巴无愧天之境。

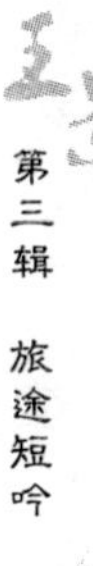

景在路上

从成都至拉萨的川藏公路，翻山越岭，高入云端；穿峡入谷，崎岖蜿蜒；千里迢迢，路途艰险，素有“西部奇路”之称。然而，就是在这条路上，有着数不清的自然和人文景观，因而它又被誉为“景观大道”。走在这条路上，那些原始古朴、纯净圣洁的高原风光，无不让人啧啧称奇，流连忘返。

千里川藏一线牵，
沿途风光迷双眼。
美景始终在路上，
不经颠簸不照面。

路上的景

行走康巴，一路上，醉人心弦的高原风光扑面而来。余姓王名景，不经意间将自己的名字与眼前的秀色联系起来。心想，路上的景皆可谓王者之景。王者，最高、首领、霸道也。西部奇路上的旖旎风光，哪一处不能称之为景色之王呢？走在这样的路上，有看不够的王者之景，心头还有什么放不下呢？

西部奇路多奇观，
王者之景列两边。
莫道崎岖征途遥，
景色之王醉心弦。

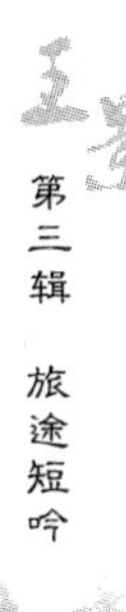

雄关险道

飞仙关，茶马古道西出成都第一关，川康咽喉要道也。远望，重峦叠嶂，山高谷深，隘口险要；近看，峭崖壁立，峡江浪急，雄关险道。行走康巴，驱车穿越飞仙关，大有泰山压顶、危崖挟身、涛声惊魂之感。

两山挟道踞江岸，
一峡激流铸天险。
驱车穿越猛抬头，
峭壁危崖耸云天。

注：飞仙关，地处与康巴接壤的二郎山下的雅安芦山县境内，一直是进入康巴之要道，也是三千里川藏线的咽喉通道。

面对群山

无边的山海让我心涌波涛，无边的苍茫让我心生辽远，无边的壮阔让我心起激昂，无边的寂静让我心趋平和，无边的纯净让我心祛杂念，无边的淳朴让我心清气爽……这便是我面对群山时的感觉。行走康巴，当我一次次地面对群山时，仿佛灵魂在经受洗礼和涅槃。高原连绵不绝、波澜壮阔的群山，开阔了我的视野，拓展了我的思想，给了我从未有过的坚定、勇敢和刚强。

山海苍茫接远天，
波涛汹涌漫无沿。
面山而立心开阔，
极目远眺天地宽。

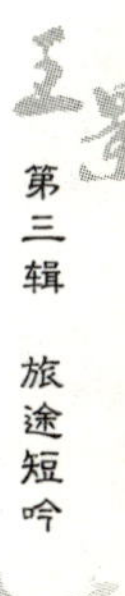

西部奇路

一条川藏路，穿山越岭，钻天入地，披云驾雾，蜿蜒逶迤。只要走过一回，便会终生难忘。乘车翻越折多山、雀儿山、矮拉山……见识了川藏线的峻峭和险恶，几多惊愕，几多叹息。

曲曲折折穿云雾，
千里迢迢艰险多。
车在高高天上行，
崎岖过后是坦途。

折多山口

康定城东的折多山隘口海拔 4298 米，有“康巴第一关”之称。站在隘口极目远望，高原壮观尽收眼底。隘口处，玛尼堆高垒，白塔耸立，经幡劲舞，十分醒目。

隘口雄高四千三，
云雾常年裹塔幡。
纵是日卧玛尼堆，
山风扑面人也寒。

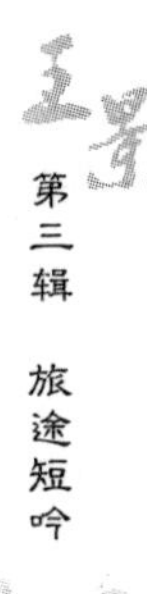

卡子拉山

从雅江往理塘走，途经的卡子拉山海拔 4718 米，却感觉不出是大山。这里的植被主要是高山草甸，地势平坦，略有起伏，牦牛星星点点，一片牧场风光。但毕竟海拔很高，站在山口，感觉天空如此之近，仿佛触手可及星月。极目眺望，天地浩瀚无垠，山峦一层比一层远，一层比一层淡，直至天边。

高山草甸天地宽，
视野开阔无遮掩。
红尘俗事不相扰，
身心宁静忘忧烦。

高尔寺山

从雅江去理塘，途中翻越的高尔寺山垭口处海拔4412米，有“康巴第二关”之说。山道弯弯，车如蜗行。但是，登上垭口，雪山在望，草原舒展，天地苍茫，风光无限，先前爬山时的艰辛和不快顷刻间烟消云散。

道如龙蛇盘山间，
车似蜗牛路上旋。
费力登顶终不悔，
雪山在望眼界宽。

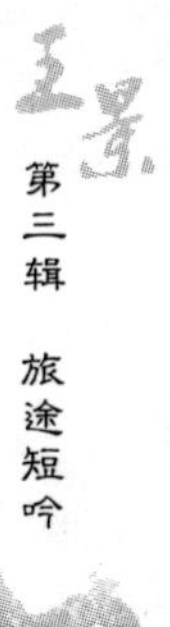

过剪子弯

夕阳西下，车至剪子弯山口。这里海拔 4659 米，是康巴地区高海拔山口之一。站在山口，千山万壑尽收眼底，令人心旷神怡。

一山突兀插青天，
众壑迷茫斜阳残。
云端俯瞰凡尘事，
不过岭上几雾烟。

注：剪子弯山亦称尖子弯山，位于甘孜雅江县境内，因国道 318 线翻越此山时成剪刀形弯曲而名。该山藏名“博浪贡”，意为全天有雾的山顶。

过雀儿山

车过雀儿山，站在海拔 5000 多米的山垭口处眺望雪峰，看见弯弯山道上近百辆进藏军车浩浩荡荡列阵前行，犹如一条绿色长龙，颇为壮观。

登上垭口眺雪峰，
但见山间走长龙。
军车列阵盘山道，
迷彩熠熠展雄风。

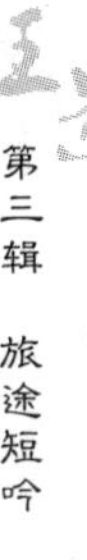

过海子山

久闻海子山海子密布，今日终于身临其境。这座位于理塘与稻城之间、平均海拔4500米的康巴名山，共有1145个大小海子。它们如同珍珠一样镶嵌在茫茫山野之中，熠熠生辉，其规模、密度在我国首屈一指。走进海子山，犹如置身于红尘之外，那珍珠般的圣湖风光让人恍若隔世。

驱车穿行白云间，
但见碧空湖光闪。
摇窗借问嫦娥女，
谁将珍珠撒满天？

峡谷田园

越野汽车在峡谷里穿行，突然眼前一亮：一片旖旎景色在谷地里呈现。青青的田畴，淙淙的河流，苍翠的树林，优美别致的藏寨……这一切，吸引我们不得不再次踩下了刹车。

峡谷本来地不宽，
难得有此一田园。
藏寨镶嵌翠绿丛，
山清水秀似江南。

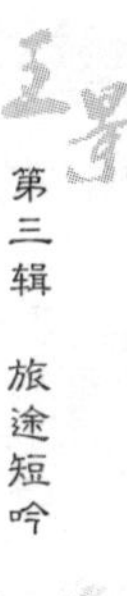

穿越江峡

从得荣县城沿定曲河北上十余公里，一道陡峭险峻的峡谷突现眼前。狭窄的深谷里，重峦叠嶂，危崖耸立，道悬江畔，山路蜿蜒。汹涌的金沙江咆哮着穿山而来，湍急的水流冲击着江中的巨石，激起阵阵浪花，发出震耳的轰鸣，摇撼着过往的车辆和行人。两岸赭红色的峭壁如刀劈斧削，一边是断崖千尺，一边是绝壁万仞，使人不得不惊叹大自然造化的神奇。

深峡激流惊拍岸，
断崖绝壁道路悬。
金沙咆哮壮康巴，
丰田转瞬穿群山。

巴朗远眺

从丹巴去小金，途中经过的巴朗山垭口海拔 4523 米。站在此处，举目远眺，雪山在望，奇峰突起。峰峦叠嶂间，峭壁嶙峋。峰回路转处，烟霞缥缈，极为壮丽。

谁遣峰峦上九天，
巴朗无处不惊艳。
峻岭列阵雪色浓，
身在烟霞缥缈间。

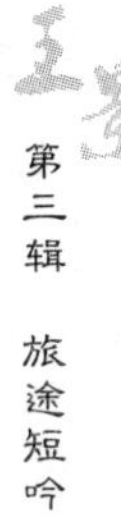

车过草原

越野车在草原上飞驰，一幅幅壮美秀丽、辽远深邃的草原风光一闪而过。不时举起手机拍摄，却总也拍不够眼前的绚丽和精彩。车子跑跑停停，草原上留下了我们的脚印和身影，精神释然，心境畅亮，灵魂在自由地飞。

辽阔草原花正艳，
车从花海驶向前。
频频拍摄窗外景，
遗憾手机内存满。

草原漫步

途中，禁不住草原的诱惑，几次下车步入草原，看那彩色的原野，看那艳丽的花朵，看那白色的帐篷，看那游动的牦牛，看那蓝蓝的天，看那悠悠的云……瞬时，忘记了自己身在凡尘。

绿野茫茫接远天，
牦牛自在逐草旋。
白帐点点花如海，
疑是仙境降人间。

闲逛草原

忙里偷闲，藏族朋友陪我们一起去逛草原。草原景色太多太美，看不够啊，只得使劲儿拍摄，把眼前的旖旎风光尽量都装进手机里。不一会儿，拍了上百张照片，张张都是难得的美丽图画。

帐房点点缀草原，
藏女个个比花鲜。
溪流清澈淌原野，
牛羊肥硕栖水畔。

龙灯草原

从康定乘车去道孚的路上，要经过一个叫龙灯的草原。那里，佛祖端坐，经幡满坡；那里，帐房飘香，牦牛游动；那里，牧歌声声，白云悠悠……

绿色草地接远天，
山岭起伏望不断。
彩幡满坡佛像立，
悠扬牧歌风里传。

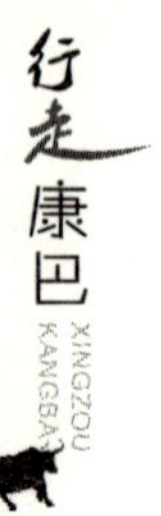

谷地黄花

行车途中，山谷里突然冒出一片金黄。那一片鲜艳的黄花，给幽深的山谷增添了勃勃生机；那一片芳香的黄花，给偏僻的乡野营造淡淡温馨；那一片夺目的黄花，给匆匆的路人带来希望和力量。谷地黄花——康巴高原山野中一道绚丽的曙光。

山道弯弯路漫长，
车轮滚滚奔波忙。
蓦然抬头眼一亮，
谷地黄花分外香。

山间红花

穿过彩色的草甸，翻越白色的雪峰，汽车在绿色的山地里奔驰。蓦地，一片丹红闯入眼帘，瞬间消除了我们旅途的疲劳。那是盛开在山地里的红色野花，像团团火焰，在青山绿地里燃烧、蔓延。这一幅精彩别致的高原景色，把大家吸引下车来，纷纷拍照留念。

山野起伏绿连绵，
一片丹红似火焰。
同行好色又下车，
手机相机拍不断。

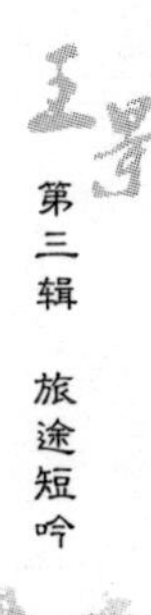

弯弯河流

驱车从石渠赶往道孚的路上，雪山下一条弯弯的河流吸引了我的眼球。这哪是一条河流呀，简直就是一首抒情的诗歌，一支动人的旋律，一幅优美的图画。

雪山脚下一草滩，
滩上河流走蜿蜒。
河上波光闪不停，
如诗如画如梦幻。

三锅桩记

出雅江城，三座错落有致的巨石扑入眼帘。它们如石笋般站成品字形，就像藏族同胞野饮熬茶时的三锅桩。三锅桩藏名叫“格萨涛嘎”，意为格萨尔熬茶的灶。相传这是当年格萨尔征战时，在这里休整熬茶用过的灶。千百年来，当地藏族同胞把它们奉为神石加以供奉和保护，足见其对藏族英雄格萨尔的无限敬仰和顶礼膜拜。站在三锅桩前，抚石追昔，感慨良多。

格萨涛嘎越千年，
依然如故矗高原。
英雄征战往昔事，
如石耸立天地间。

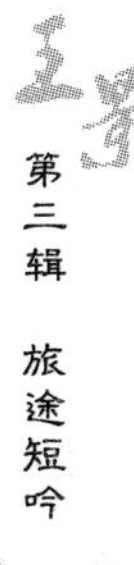

理塘草原

川藏南线从理塘草原穿过。坐在车上，不时拍摄窗外牧场风光，轻哼藏歌，心胸畅亮，悠然自得，一切鞍马劳顿和世俗烦恼荡然无存。

风驰电掣自悠然，
欣览理塘大草甸。
牧场远近见牛羊，
漫将俗虑抛一边。

雪梁险遇

从康定去九龙，途中翻越一雪山梁子。时值高原三月，春寒料峭，雪盖四野，道有冰凌，山高路险。车在路上行，不时打滑。突然，车子失控，滑向雪沟。幸亏司机反应快，猛打方向盘，将汽车撞向雪壁擦行而过，才将车子停下。虚惊一场，大家直冒冷汗。不过，躲过了死神索命的危险时刻，终还是幸运的。

车过雪梁轮打滑，
险些失控坠冰涯。
人生多少安危事，
生死攸关一刹那。

稻城途中

从理塘奔向稻城，一路疾驰如风。刚才还晴朗的天空突然黑下脸来，接着大雨滂沱，山峦朦胧。本来想拍摄几张兔儿山的照片也最终未能如愿。高原天，孩儿面。不一会儿天又晴了，比光秃秃的兔儿山更漂亮的雪山冰峰展现在眼前，恍若仙境。

层峦高耸光秃秃，
黑云压顶灰蒙蒙。
一晃而过兔儿山，
穿过雨帘见雪峰。

路遇有感

折多山上，一条悠长奇绝的公路，穿越尘嚣，向天空延展。我们正驱车行进在这条天路上，突然看到路边一些无比虔诚的佛教徒，口中低诵经文，眼里闪着质朴的光，五体投地，一起一伏，奉献身心地叩首，向神山参拜，向苍天和大地祈祷。这一幕，深深刻在我的脑海里，总也挥之不去。

如此虔诚佛教徒，
试问天下几多见？
与之相较我信仰，
自愧弗如当汗颜。

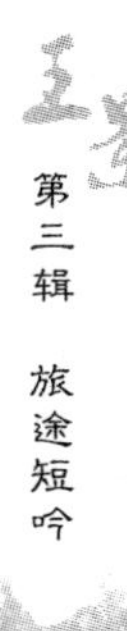

登高有感

友人相约一起到新龙县城外不远的山上藏寨去走走看看，体验一下藏家风情。出门时天气阴沉，山有薄雾。然而，一上山就晴了，云开日出，光线极好，空气清新，看得很远。余心情愉悦，有感而发，沉吟以记。

一山雾海天消沉，
登临云开日光明。
俯观天下沧桑世，
笑对红尘阴与晴。

雅加埂记

离康定新城不远的地方，有一个山梁叫雅加埂。那里海拔 3800 多米，背靠雪峰，俯瞰深峡，山道弯弯，盘旋而上，横跨山埂。埂梁上地势开阔，连绵起伏，是甘孜州的登山运动训练基地。当我登上埂梁，即刻便被其深深吸引了。

地势开阔一埂梁，
孰知高出云端上。
仰面苍天一声吼，
长空激荡惊玉皇。

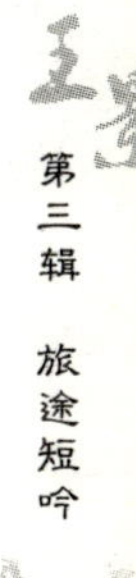

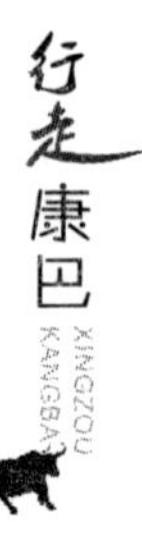

姊妹圣湖

在理塘至稻城的川藏公路旁，翻过海子山，就可以看见雪山下有两个相邻的圆形湖泊，水面如镜，比天还蓝。远远望去，就像一双秋波荡漾的情人眼睛，美丽之极，摄人心魂。那天，我们乘车从她俩身边经过，无不被其深深吸引。大家不知道那两个湖叫什么名字，便随意称之为“姊妹湖”。

山麓两湖比天蓝，
一大一小紧相伴。
车打川藏线上过，
无人目睹不惊叹。

又到塔公

乘车从康定到新龙，又经过塔公。碧空如洗，长天湛蓝；白云轻飘，形态万千；草甸辽阔，溪流潺潺；寺庙辉煌，经幡满山。神秘的雅拉雪山掀开面纱，将圣洁的尊容向世人展现。这是一幅多么美的画卷啊！大家恨自己一双眼睛太少，不能把眼前的美景尽情饱览，惟有不停地拍摄，将高原美景留存永远。

溪流淙淙泛金波，
红墙白塔入画图。
草甸雪峰相辉映，
水色山光天下无。

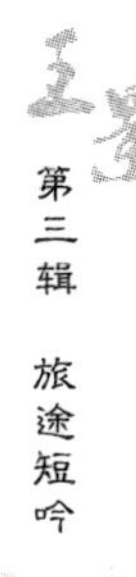

炉色途中

从炉霍到色达150多公里，由于正在进行道路改造，沿途挖得坑坑洼洼的，相当难走，坐在车里骨架都要抖散了。但是，途中风光旖旎，秀色可餐。3个多小时车程，在一路欣赏美景中不知不觉便过去了。

山高坡长路遥远，
沿途风光迷双眼。
最美不过藏家寨，
幽雅宁静比桃源。

惊见雪豹

黄昏时分，我们乘车从石渠县城赶往70多公里外的洛须镇，正要进入一山谷时，忽听同车人一声“雪豹”的惊喊，大家循着他手指的方向望去，只见不远处高山峻岭的雪线上，果真懒散地游荡着两只雪豹，在夕阳余晖的照射下，十分显眼。雪豹乃世界珍奇的濒危动物，常年生活在高海拔地区的雪线之上，世所罕见。而我有幸看到，难道是上天有意安排的一次巧遇？不管怎样，这都是我行走康巴旅程中一次最美丽的邂逅，将成为毕生难忘的回忆。

早闻高原有雪豹，
未料果真碰到了。
濒危珍奇世罕见，
今日邂逅天作巧。

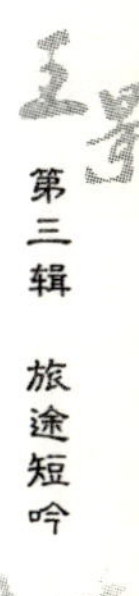

藏家乐记

在康巴高原，不管是广阔的草甸，还是平坦的河谷，或是翠绿的山脚，都有“藏家乐”的领地。在藏族友人的安排下，我们走进路边的一个“藏家乐”，切身体验了一回草原上的帐篷生活。

绿色草地帐成排，
藏家吸引游人来。
手抓牛肉嘴里嚼，
享受自然乐开怀。

途经青海

从色达到马尔康，本来可经壤塘去的，因色壤路正在维修，比较难走，故绕道青海的斑玛、久治两县前往。虽然绕了上百公里，但全是柏油路，平稳舒坦，一路顺畅。所经青海之地风光如画，景色宜人，赏心悦目，确实不枉绕行。

绕道青海赶路程，
邻里风光仍迷人。
祖国处处好河山，
不论这省与那省。

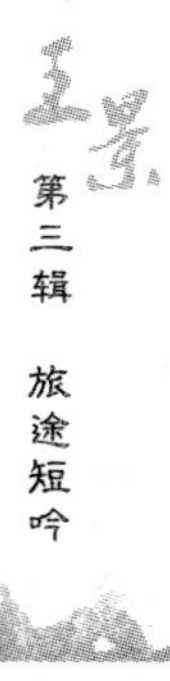

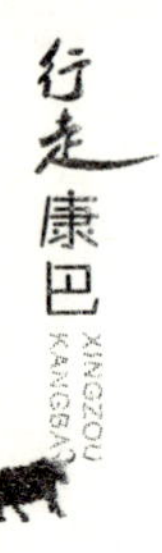

唐蕃古道

唐蕃古道是中国唐代以来著名的交通大道，始于陕西西安，终于西藏拉萨，横贯康巴大地，全长 3000 多公里，是唐代文成公主进藏和亲时走过的路线。从玉树到石渠，沿途有不少文成公主进藏时留下的古迹。走在这古道上，仿佛看到了当年吐蕃迎娶文成公主的浩荡队伍，听到了庞大马队的声声马铃……

横贯康巴一古道，
连结唐都和西藏。
如今人在古道行，
犹闻文成马铃响。

文成古庙

在唐蕃古道的一条山沟里，有一座驰名中外的文成公主庙。相传唐代文成公主进藏和亲时在这里住了四个晚上，留下许多文物古迹。庙宇紧贴百丈悬崖，风景幽静。庙前小溪流淌，如诗如画。周围峡谷蜿蜒，砾石遍地，经幡如织。

唐女文成不简单，
远赴吐蕃嫁松赞。
康巴大地留古迹，
藏汉和亲千古传。

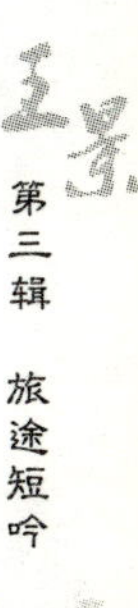

三江源记

康巴高原，溪流众多，百川纵横。她们是长江、黄河、澜沧江的源头，也是孕育中华文明的根之所在。站在“三江源”纪念碑前，我看到这里流淌的仿佛不是溪水，而是中华民族代代传承、生生不息的血脉。

长江黄河澜沧江，
三江源头在何方？
康巴纵横涓涓水，
汇聚江河万里长。

通天河记

流经康巴地区的通天河，是《西游记》中唐僧师徒取经所经过的一条大河。相传唐僧一行赴西天取经时在此遇阻，悟空与其妖斗法而胜，救得童男童女，得神龟相助而渡过通天河。从玉树去石渠途中，正好路过此河，有幸一睹其尊容。

通天之河通天外，
曾阻唐僧西游来。
幸得神龟渡师徒，
水畔长置晒经台。

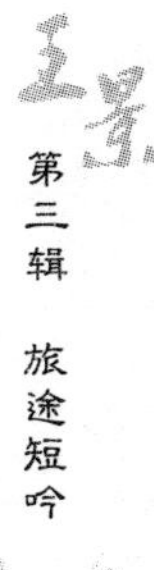

远眺大渡

站在高高的二郎山上，看见曲折蜿蜒的大渡河像条丝带一样飘拂在山下的远处，虽然看不清河上翻腾的巨波大浪，但听得见回响在深山峡谷里的惊天涛声。

二郎山上眺大渡，
大渡如带飘远处。
不见大渡波翻腾，
但闻涛声震深谷。

高原反应

石渠海拔太高，严重缺氧。本来在成都时感冒、咽炎都好得差不多了，可一到石渠又开始复发。胸闷，头疼，气紧，还有些发呕，血压升高，尤其咳得厉害。县里叫来医生，又是测血压，又是吸氧，又是吃药。我在心里反复告诫自己：坚持，坚持，挺住，挺住，大不了就把这100多斤撂在高原上了。

年近花甲上石渠，
未料强烈有反应。
少时何曾能如此，
人不服老真不行。

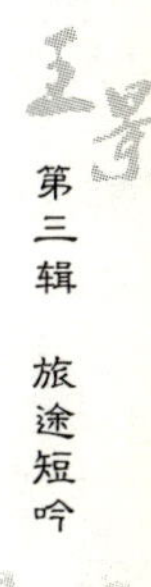

高原之舟

在高原，随处可见一种哺乳动物——牦牛。它不仅是高原牧民的食物来源和财富之宝，也是高原交通运输的重要载体，被称为“高原之舟”。

体形雄壮四肢短，
身披长毛尾似马。
高原驮运胜车船，
放牧草地一幅画。

草地旱獭

草甸如毡，格外宁静。一群旱獭突然从地洞里钻出来，在草地上嬉戏、觅食，灵性十足，憨态可掬。我们被其吸引，跑过去与之逗玩。旱獭也不怕生，居然与我们亲密接触，悠然自得，其乐融融，构成一幅人与自然和谐共处的高原图画。

茵茵草地有灵气，
小小旱獭添生机。
人与自然共和谐，
老天何以降灾星？

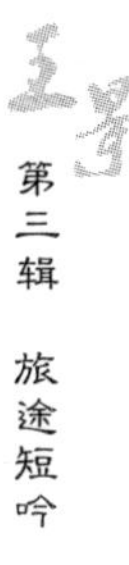

天上田园

在海拔3400多米的高原上，地里的青稞正茁壮生长，在蓝天白云的映衬下，大地分外妖娆，好一派田园风光。

田园高高在天上，
最为充足是阳光。
下车亲近大自然，
扑鼻而来青稞香。

天葬台记

天葬是藏族的一种传统丧葬方式。藏族认为，人死后把尸体放到指定的地点肢解后让鹰吞食，可以将逝者的灵魂带到天堂。在色达，有一个藏区最大的天葬台，近三年来已天葬1万多具尸体。这天，我们特意前往参观，穿行在鬼门关、分尸处、阎王殿等处，心灵受到极大震撼。

人生不过一场梦，
功名利禄转头空。
天葬台上走一圈，
红尘万事皆想通。

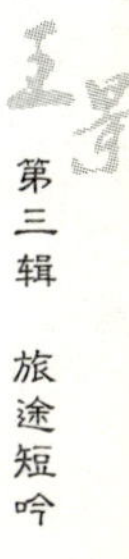

大渡河畔

大渡河的汹涌波涛穿过康巴高原的深山峡谷，出泸定，进石棉，一下变得宽阔、平缓起来。断断续续累计四个多月的康巴之行至此画了一个句号，成为今生难以忘怀的记忆。

行走康巴十余县，
乐把出差当开眼。
大渡河边频回首，
今生难忘是高原。

雨都掠影

走出康巴，来到雅安。这里虽不属康巴，却是“康巴门户”，素有“川康咽喉”之称。相传远古时女娲在此补天，一时疏忽未能补全，故雅安天漏多雨，成为雨都。我们流连在青山环绕、江河怀抱的街市，康巴美色在眼前幻化，与这雅致安宁的小城风光叠加呈现，带给心境无限的愉悦和陶醉。

女娲补天出疏漏，
自古雅安成雨都。
康巴门户风光好，
小城三雅故事多。

注：“小城三雅”指雅雨、雅鱼、雅女，是雅安闻名遐迩的特色名片。

湖光水色

从雅安往成都走，途经百丈湖，应朋友之邀，小憩半日。此湖虽不及雪域康巴的圣湖之美，但也不乏清秀和旖旎。徜徉湖畔，观湖光水色，听鸟叫蛙鸣，沐晶晶秋阳，浴徐徐微风，仿佛还在康巴行走，那种沉醉在雪域高原的美妙感觉仍在周身延展。

小憩名山百丈湖，
感觉尚在康巴游。
湖光水色好景致，
醉在画中不想走。

第四辑

醉在康巴

醉在康巴

走过不少地方，见过许多美景，从没有像行走康巴这样兴奋、痴迷。我们醉倒在雪域康巴的风光里，体会着真正的香格里拉带给人的愉悦和洗礼。

双腿难迈如灌铅，
只缘美色迷双眼。
灵魂乘风仙界飞，
醉在康巴不思返。

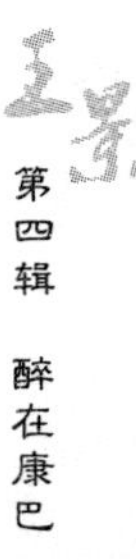

扎西德勒

这是一句普通的藏语，浓缩一个古老民族的圣洁情怀；这是一句简单的藏语，饱含一群勤劳族人的浓厚情谊；这是一句祝福的藏语，凝聚一域藏地苍生的善良情结。这句藏语叫“扎西德勒”，是我行走康巴中听到最多的一个语句。每当听到这句藏语，心里总会涌起丝丝暖意，感到无比温馨。瞬时，醉了，醉在了“扎西德勒”的祝福里。

扎西德勒平常语，
字字珠玑皆晶莹。
祝福吉祥与安康，
彰显藏地一片情。

仓央嘉措

在康巴藏地，当我直面美景、不禁沉吟的时候，常常想起仓央嘉措这位集活佛与诗人于一身的情僧，特别是他的那首《那一世》的情诗，会时常在我心底涌起。这时，我所看到的，不仅仅是眼前的雪域风光，还有那超越世俗、超越时空且充满禅意、充满传奇的诗歌活佛、情诗神人。行走康巴，既醉心于高原秀色，更醉在了仓央嘉措的情诗里。

仓央嘉措非凡僧，
抒写情歌堪称神。
身为达赖知俗事，
写尽情爱惊红尘。

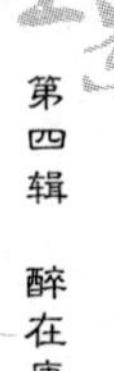

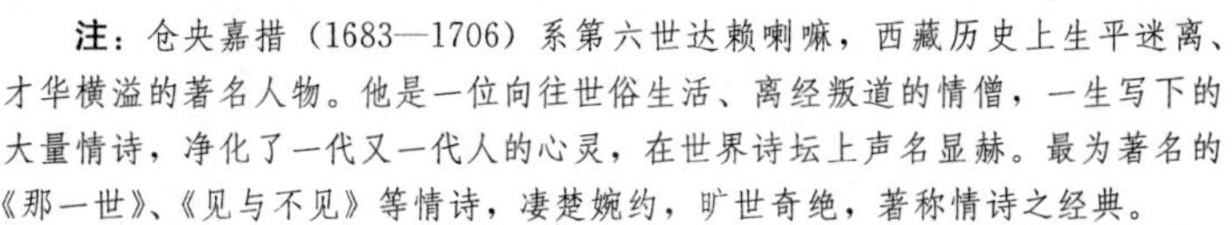

注：仓央嘉措（1683—1706）系第六世达赖喇嘛，西藏历史上生平迷离、才华横溢的著名人物。他是一位向往世俗生活、离经叛道的情僧，一生写下的大量情诗，净化了一代又一代人的心灵，在世界诗坛上声名显赫。最为著名的《那一世》、《见与不见》等情诗，凄楚婉约，旷世奇绝，著称情诗之经典。

圣湖之美

在康巴，常常陶醉于圣湖之美。瞧啊，那镶嵌在雪域高原的一块块幽深湖泊，碧水之上，闪烁着波光之美，飘动着清澈之美，凝固着深邃之美，涂抹着倒影之美，定格着宁静之美，讲述着传说之美，昭示着典雅之美，放射着圣洁之美……那都是些浸润骨髓的美啊，美得令人眩晕，让人忘记身在凡尘，误以为进入了九天仙境。

幽深海子比天蓝，
宛若明珠镶高原。
面对圣湖我惊愕，
认定仙境坠人间。

康巴抒怀

登临海拔 4000 多米的海子山垭口，一览众山，碧湖映雪峰，辽远的康巴高原在眼前无限伸展。触景生情，诗兴勃发，吟诵成句。

乘风直上海子顶，
湖光山色一览尽。
我欲飞天飘然去，
融入碧空化祥云。

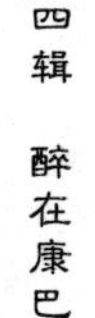

注：海子山位于理塘与稻城之间，平均海拔 4500 米。嶙峋怪石满山，雪峰近在咫尺。尤其是，1145 个大小海子星罗棋布，如上帝失手撒下的一千多颗钻石一般闪烁在山间，其规模密度为中国之最。

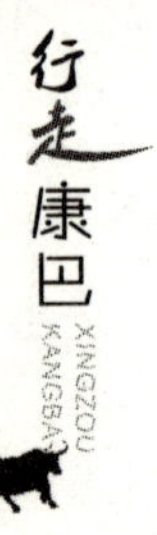

醉人高原

一踏上康巴高原，便有种醉人的感觉。视野中，流动着醉人的旋律。蓝天、白云、雪山、草甸、湖泊、溪流交相辉映，如同乐谱上欢快跳跃的美妙音符。蜿蜒起伏的公路似飘动在高原的哈达，系着山峦，牵着草地，挽着河流，听着风语，伸向遥远的天际。

长长哈达飘原野，
各色风光着人迷。
日月山川相辉映，
汇成交响醉天地。

醉在歌里

初到康巴，主人盛情款待。席间，按藏族习俗敬酒，藏族姑娘献歌一曲。那是一支耳熟能详的藏歌，被姑娘演唱得动人心魄。以前听这首歌时除觉得很好听外，别无其他特别感觉。而此时此刻，听着这悠扬动听的歌曲，心随音乐一起跳动，美妙的情思荡着涟漪，深深陶醉在藏歌的旋律里了。

皆云藏歌醉心魂，
身临藏地听更甚。
疑似天籁重霄来，
恍惚随歌入天门。

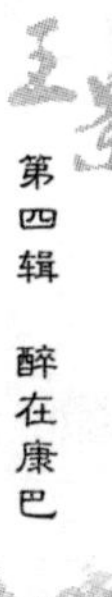

迷恋天空

走在康巴，最让人迷恋的，是那高远辽阔、湛蓝深幽的天空，还有那雪一般圣洁的白云。真想伸手随便剪裁一块儿带回家，让故乡的天空也变得如此纯净和美丽。我常在心里说，雾霾尘埃，你这讨厌的家伙，恨你已经很久了，赶快消失吧！蓝天白云，才是我永恒的眷恋和挚爱。

康巴没有雾霾天，
天空日日宝石蓝。
蓝得让人生痴情，
情系高原多眷恋。

沉湎雪山

在康巴，我对雪山有一种说不清的情愫。当登山临雪的时候，总会轻轻捧起雪花仔细观摩，仿佛在探究雪中的学问和隐秘。面对手中的这捧雪，心弦颤动，雪变得温软妥帖，但我却不忍她融化。其实不忍融化的，岂止是这捧雪，还有那种天然的纯净和圣洁。

仰望雪峰动心弦，
雪山情怀吾沉湎。
冰雪终有融化时，
只愿圣洁固千年。

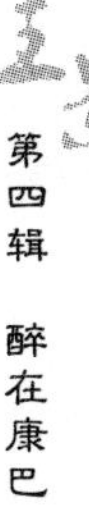

钟情草原

行走康巴，常常徜徉在辽阔的草原。流连中，隔着草尖的距离，笑看那些绽放的花颜，在惬意中踏歌而行。吟花弄草，醉舞的花香沁人心脾，在风起的时候，传递着我深深的眷念。只愿把每个瞬间凝成永恒。

置身草原心已醉，
情迷宽广与深邃。
忘掉一切凡俗事，
只让灵魂自由飞。

崇拜圣湖

康巴高原湖泊众多，每一个湖泊都动人心弦，那些湛蓝澄澈的湖水，就像一面面神奇的魔镜，仿佛能将人的灵魂洞穿。一切邪恶的欲念，在她的面前，统统会烟消云散。神奇的湖啊，怎能不叫人敬畏、崇拜？

幽深湖泊水如镜，
静观变幻风与云。
但愿一朝发神力，
尽扫邪恶万象新。

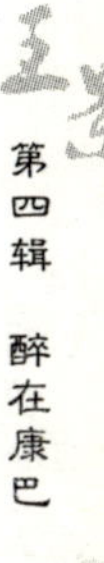

爱上溪流

康巴高原，溪流众多，高山、峡谷、草甸、密林……无处不见她的身影和足迹。行走康巴，不经意间爱上了溪流。爱她的清白，爱她的通透，爱她的执著，爱她的坚韧，爱她的平凡，爱她的恬静……想想看，爱上溪流，陶醉在淙淙流淌的清波里，沉迷于串串叮咚的音韵中，那是多么美妙的享受，多么销魂的感觉！

淙淙溪水出深山，
涓涓细流汇大川。
来自冰峰清白身，
试问谁人不喜欢？

沉醉多彩

康巴藏地是一个多彩的世界。湛蓝的天空，洁白的云朵，苍翠的山峦，绿茵的草地，深幽的碧湖，清澈的溪水，还有寺庙的红墙，裹幡的白塔，以及晶莹的雪峰，绚丽的藏寨…… 组成一幅五彩缤纷的长卷。这对于任何一个旅人来说，都是无法抗拒的极大诱惑。真的，我们没有办法不沉醉于这个多彩的领地。

好色本是人之性，
何况艳色扑面来。
沉迷康巴因好色，
多彩藏地醉心怀。

向往星空

对于在成都生活几十年很少看到星空的我来说，一到康巴便能常常仰望星空，真是一种奢侈的享受。高原夜空繁星闪烁，景色壮美。很难想象在这乌黑的夜空中居然能容纳如此多的繁星，有耀眼夺目的，有柔光闪烁的，也有隐约闪现光芒的。无数星光交织成一条宽厚的银白色光带，东西向纵贯天际，宛若银河，深邃辽远。我向往着驾一叶轻舟，到银河去划桨、探秘。

高原夜空繁星闪，
寰宇苍茫星浩瀚。
多想驾舟奔九霄，
荡桨银河去探险。

夕照雪峰

傍晚，行进在康巴高原。当汽车刚翻过一山垭口时，突入眼帘的一幕让我们惊呆了：在夕阳的照射下，对面壁立苍穹的雪峰尽披霞光，通体透明，像一团烈火，在碧空中熊熊燃烧，炬焰腾飞。大家赶紧下车拍照，沉醉于夕照雪峰之壮观当中，久久不愿离去。

夕阳辉洒雪峰顶，
尽披霞光通体明。
恰如熊熊一团火，
壁立苍穹焰飞腾。

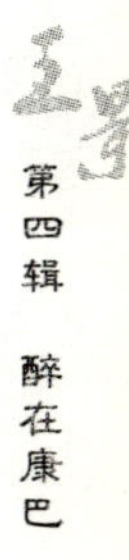

雪山初晓

清晨，站在高高的山冈，看见横亘天边的雪山冰峰尽披玫瑰红霞光。瞬时，一道金光直射峰巅，随着光芒向下移动，刚才还是银色的整个连绵山脉的雪峰全线生辉，陡然从一条静卧的银龙变成了在天地间翻腾的金龙。那景象，美绝人寰，足以让人沉溺其中而不能自拔。

雪山初晓晨曦中，
峰巅尽染玫瑰红。
瞬时曙光照玉峦，
天地之间腾金龙。

草上炊烟

如今，炊烟已越来越难以见到，渐渐成为人们梦里的幻境，成为诗文中的追忆。但是，在康巴，时常能瞧见乳白色的炊烟从辽阔草地里的黑帐篷上袅袅升起，散发出高原特有的草木味和乡土味。不知怎么的，望见这炊烟，几缕淡淡的乡愁会悄然从心底升起，童年里故乡炊烟的记忆恍如眼前，让人深深沉迷。

茵茵草地黑帐顶，
袅袅炊烟正升腾。
斜阳西下余晖洒，
万籁俱寂若梦境。

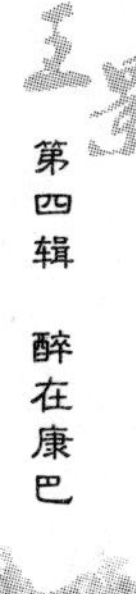

玛尼堆吟

在康巴各地的山间、路口、湖边、江畔，几乎都可以看到一座座以石块和石板垒成的祭坛——玛尼堆，也叫“神堆”。这些石块和石板上，大都刻有六字真言、佛像神像和各种吉祥图案，寄托着藏族信佛群众的感情、追求、理想和希望。

风中默然玛尼堆，
无声祈祷寄予谁？
石头有魂传真言，
虔诚信仰天穹飞。

转经筒记

当劲风吹来的时候，她转动着，转动着一个佛国的理想；当水冲涡轮的时候，她转动着，转动着一群族人的信仰；当拨旋筒沿的时候，她转动着，转动着一个信徒的虔诚；当手心轻摇的时候，她转动着，转动着一位藏族老阿妈的祈望。黄灿灿、明亮亮的转经筒啊，承载藏地太多太多的神秘，闪烁雪域惊世骇俗的圣光。走近她，凝视她，几分起敬，几分愕然，无限感慨，涌上心头。

手把金黄转经筒，
似乎乾坤握掌中。
佛说人生可轮回，
信徒虔诚忙旋动。

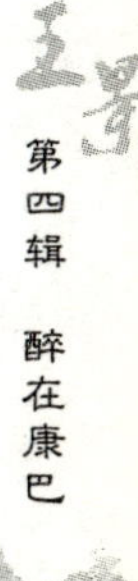

藏歌醉心

在康巴，到处都能听到藏歌。那悠扬的旋律，那强劲的节奏，那优美的歌词，那动人的歌声，敲打着心房，震颤着心扉。这与在城市听藏歌的感觉是不一样的。想想看，眼前是迷人的高原景色，身边是浓郁的藏家风情，耳畔是天籁般的藏歌旋律，那感觉，那滋味，那心境，那情调，该是何等美妙啊！

人在雄浑高原行，
藏歌一曲醉心灵。
宛若旋律天上来，
边听边走入仙境。

迷人锅庄

有人说，藏族人生下来，会说话就能唱歌，会走路便能跳舞。这话不假，在康巴的每一天，我们都对此深有感触。暂且不说唱歌，就说跳舞吧。只要一到傍晚，在各个县城都能看到跳锅庄的欢快场景。男男女女，老老少少，手牵着手，围成圆圈，踩着节拍，面带微笑，随歌起舞。那场景，那阵容，那舞姿，那气氛，让人迷醉。

欢快锅庄跳起来，
康巴无处不和谐。
藏汉一家手拉手，
踏歌起舞尽开怀。

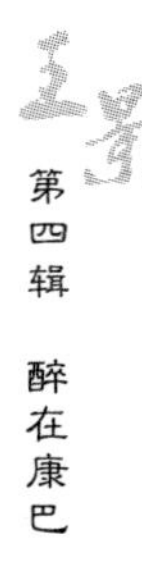

天籁之音

“哟嗬嗬——”，风中，飘来阵阵呼叫和呐喊，铿锵有力，浑厚雄劲，穿透力极强，传得很远。循声望去，几名汉子在草原上策马追赶，边跑边吼，声震天地。这是真正的天籁之音，原始古朴，毫无雕饰和做作，充满野性和张力。我们被深深吸引，陶醉在他们的吼叫中。

草上汉子正扬鞭，
阵阵吼叫风里传。
雄浑有力震苍穹，
纯粹天籁落尘间。

爱上高原

行走康巴，爱上高原。不仅仅爱上了高原的蓝天、白云、雪山、湖泊、草甸、河流……更主要的是，爱上了高原的品行、格调、性情、胸怀……圣洁的高原哟，原来，她就是我苦苦寻觅的梦中情人。

行走康巴生恋情，
高原竟是梦中人。
秀外慧中正所求，
爱在高原情意真。

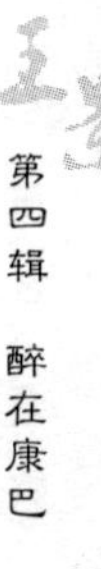

云在水中

站立康巴一湖畔，蓦然发现，云，不在天上，而在水中。她在水里轻轻飘浮着，像星团，也像鱼群，时而聚合，时而游离，时而漫行，时而奔驰，时而翻滚，时而腾越，花样百出，景象万千。而湖面，静如处子，波澜不惊，大有“天宇在我胸，任尔云飞渡”的泰然自若之风度。

水中有云不足奇，
天穹本已溶湖心。
云飞云卷云聚散，
水面如故平若镜。

塔公草原

一脚踏进这片草地，我的精神陡然振作起来，心就像自由自在的云，在充满阳光的时空里尽情飞扬。此时总有一种莫名的感奋和冲动，忘情地扑上去，恨不得将自己与草原融为一体。

背靠雅拉大雪山，
怀抱塔公名寺院。
绿地起伏望无垠，
野花竞放正鲜艳。

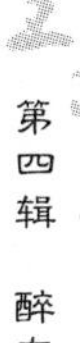

注：塔公草原位于康定县境内，是康巴地区最著名的草原。雪山、河流、寺庙、佛塔、经幡，还有浓郁的藏乡风情，把草原装扮得十分艳丽。

草原情思

夏季，草原是彩色的。湛蓝如洗的天空飘着朵朵白云，草原上野花斑斑点点，点缀在绿色的海洋里，让草原变得五彩斑斓。在草原上走走，心旷神怡，情思袅袅。城市中的压迫感在这里被稀释得没了踪影，城市中阴霾的心情在这里也被荡涤一清。

雪域也有花开时，
康巴草原多旖旎。
漫步花丛人欲仙，
恍兮惚兮忘归期。

草间野趣

八月的康巴草原，百花盛开，蜂飞蝶舞，野趣横生。任何人来到这里，都会被其深深吸引。行走康巴多时，见过不少好风景，仍觉得草原最美，总迷恋于花开草原的景色，将凡心淘空洗净，植入从花草间拾掇的天然野趣。

草原花开美无比，
一片斑斓连天际。
人在花间细品尝，
凡心净空拾野趣。

静听花语

据说，走进康巴草原，能听见花草的呼吸和心声。这天，我们特意停车走进草原，在花草间寻觅知音。天地茫茫，原野苍苍，一阵轻风扑面，果然捎来了花语的问候。哦，听到了！我们万分惊喜，瞬时醉倒在斑斓的草地里。

康巴草原有灵犀，
步入花丛觅知己。
人与自然心相通，
屏声静气听花语。

六字真言

在康巴藏地，石头上刻的，经幡上印的，转经筒里藏的，信徒口中念的，全是那著名的“唵嘛呢叭咪吽”六字真言。在那块土地上，那些把今生今世一切祈愿浓缩为那六个音节来一生吟诵的忠实佛教徒们，常使我深深感动，并钦佩他们对信仰的虔诚和执著。

六字真言信仰真，
信徒吟诵皆虔诚。
藏地处处见真言，
真言背后是精神。

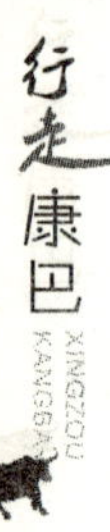

沉稳的山

在康巴，我发现，山是沉稳的典范。它们或沉稳端坐，或沉稳长卧，也决不随意走动，决不轻易发声。即使很有名望的神山和世人仰慕的冰山雪峰，都静如处子，镇定自若，从不张扬招摇。望着高原连绵起伏的群山，忽然明白一个道理：耐得孤独和寂寞，才是安然沉稳的要诀。

沉寂并非不存在，
沉稳端坐见襟怀。
沉静修炼真睿智，
沉着处世乃高才。

幽谷风雨

乘车穿越一峡谷，突起大风，接着大雨倾盆，汽车不得不放慢速度。高原的雨，来得突然，去得也快。不一会儿，风雨骤停，高原变得格外清新。同行调侃道，刚才如若我们下车让幽谷风雨洗刷一下，现在个个也都成新人了。我说，不一定，自然界的污垢好洗刷，人的灵魂就不那么容易洗干净了。

幽谷风雨突降临，
荡涤尘埃天地新。
唯有灵魂藏垢处，
天公无奈难洗净。

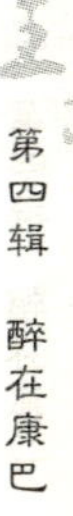

愧不如草

走进康巴高原的草地，对脚下的小草充满敬仰。谁也叫不出这些小草的名字，但就是它们用自己青春的色泽染绿了辽阔无边的草原，给高原带来生机和活力。小草在高原上成活的时间也就三四个月，生命是那么短暂，然而它们的付出和作为不可估量。谁也不能否认，正是它们存在的这些时间里，高原才是最美最好的时候。想想我们自己，真的比不上小草的品行和精神！

无名小草碧连天，
甘以青春绿高原。
自愧不如草之品，
小草面前我汗颜。

心灵牧场

每当走进康巴藏地的茵茵草原，看见蓝天白云下牧人策马飞奔、肆意放声吼叫、牛羊随意放逐、野花竞相开放的景象，便对心灵的自由和幸福产生了一种强烈的渴望。我在想，要是有一个心灵的牧场，可以随便放牧灵魂、放飞思想、放纵情感，那该多好啊！

天高云淡野茫茫，
草原辽阔且敞亮。
自然放牧好去处，
心灵牧场在何方？

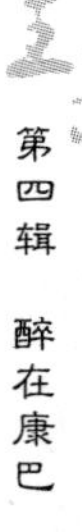

世外桃源

行走康巴，走进那些宁静祥和、色彩斑斓的藏寨，恍惚间，仿佛误入了陶渊明笔下的仙境。

大山深处有藏房，
远离尘嚣人清爽。
悠然自得过日子，
管它世态炎与凉。

高原流星

夜晚，高原一片宁静。蓦地，一颗流星划过天际，给璀璨的夜空平添几分光彩。见此天象，惊叹不已，即兴吟诵成句。

一道光焰耀天庭，
星空璀璨添几分。
高原本来夜色美，
流星划过更迷人。

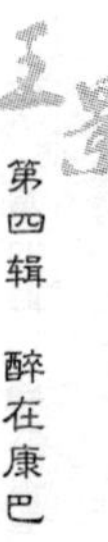

藏寨丽影

在康巴大地，不管坡岭还是沟壑，不论草甸还是河谷，都能看见美丽的藏寨。不同藏寨，藏房有别，或石头砌成，或木头构架，或土坯叠垒，形态各异，色彩纷呈，在蓝天白云下面，显得十分靓丽。

石砌木构或土垒，
藏式风格特鲜明。
寨里寨外飘七彩，
日出日落美绝顶。

冰山雪莲

游远古冰川，经友人指引，看到一朵盛开的雪莲。她是那么圣洁，不带一点尘埃，气质不凡，好似仙女降临人间；她是那么坚强，不惧万丈高寒，激情似火，宛如冰窟中燃烧的烈焰。我惊叹，我赞美，我肃然起敬，拜倒在她的跟前。

日月精华凝非凡，
玉洁冰清真花仙。
铮铮铁骨傲苍穹，
冰天雪地只等闲。

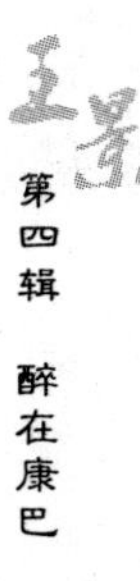

格桑梅朵

在康巴，我曾寻找过格桑花。藏族友人说，格桑花具体花种的认定存在多种解释，不过艳丽的金露梅是藏区群众普遍认定的“格桑梅朵”，也就是格桑花，它是一种生长在高原上的普通花朵，耐寒，质朴，寄托了藏族群众期盼幸福吉祥的美好情感。藏语中，“格桑”是幸福、美好之意。格桑花是高原幸福和爱情的象征，很多时候会用来形容美丽而善良的姑娘。听罢，我想，寻找格桑花已不重要了，重要的是我理解了藏族人民心中那种美好的情愫和追求。

格桑梅朵美化身，
幸福吉祥蕴涵真。
康巴遍是格桑花，
藏族儿女乃花神。

青稞熟了

秋天，一片片金黄镶嵌在康巴大地，风儿吹过，荡起阵阵金色的波浪，滔滔不绝地滚向远方。空气中，弥漫着清香，沁人心脾，滋人肝肠。青稞熟了，在阳光照耀下，尽情招摇着丰收的喜悦。此时的高原，勃发着一种生机和力量。

山野金黄一大片，
红屋绿树镶其间。
煦风送来青稞香，
丰收喜悦溢高原。

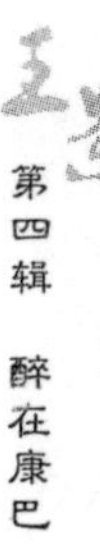

草甸牧归

从石渠到洛须，有 30 多公里是在高山草甸上行驶。正值黄昏，晚霞烧红了天边，寂静的原野上洒满斜阳的余晖，牧人策马扬鞭，一路吼叫着踏过开满野花的草地，成群的牦牛披着霞光懒懒散散地聚拢回归，不远处几顶黑帐篷上正飘起袅袅炊烟。这是一幅多美的高原牧归图啊！大家纷纷拍照，完全沉醉在眼前的暮色之中。

夕阳西下彩云飞，
牦牛披着晚霞回。
牧人放声荡四野，
策马扬鞭踏芳菲。

多彩藏房

从道孚到炉霍，一路上五彩缤纷的藏式民居十分引人注目。汽车行进在多彩藏房的走廊里，每个人的相机、手机都拍个不停。大家深深陶醉在中国藏民居艺术之中，久久不能自拔。

红顶木屋绿掩映，
山环水绕草茵茵。
民居无不是别墅，
窗含蓝天朵朵云。

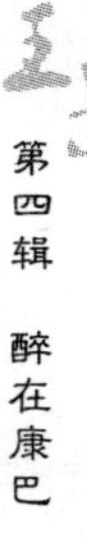

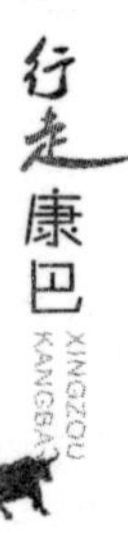

走婚秘境

过去，只知道生活在泸沽湖畔的摩梭人有走婚习俗，因而那里被称为“女儿国”。来到道孚，才知道这里也有个走婚的秘境，叫扎巴大峡谷，山高坡陡，河谷幽深，人迹罕至，至今仍延续着母系氏族“男不娶、女不嫁”的习俗。只要青年男女两情相悦，无须任何仪式，男子即可在夜晚爬墙翻窗，进入女孩的闺房走婚过夜，故又被称为“全世界第二个母系社会走婚习俗的地区”、康巴的“女儿国”。

扎巴河谷峡幽深，
自古走婚到如今。
男欢女爱不嫁娶，
走婚一样情义真。

烟雨朦胧

那天，我们走在雪域藏地的乡间小路上，忽然间，烟雨笼罩高原，高原一片朦胧。须臾，雨停了，但雾未消，天未蓝，高原仍处在朦胧之中。恰恰是这朦胧，让我们看到了高原的另一种美色。那是一种古朴、典雅的娇羞之美啊，足以让人一见倾心！

细雨丝丝落高原，
雾纱轻轻罩康巴。
犹如深闺含羞女，
叫人怎能不恋她？

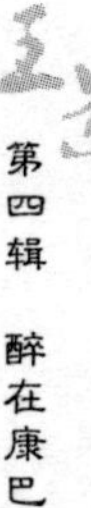

二郎山记

二郎山系川康门户。从成都到康定，一穿过二郎山隧道，顿觉眼前一亮：苍山似海，高原在望，天高云淡，视野广阔。那个叫康巴高原的地方是与城市完全不同的一方天地。

高耸入云二郎山，
道路曲折通高原。
穿越隧道眼一亮，
山海无垠天地宽。

耍坝子记

每年七八月，正是气候宜人、百花盛开的时节，康巴地区的藏族朋友会在草地上搭起帐篷，载歌载舞，犹如过节，他们称之为“耍坝子”。在石渠城外，正好遇上这样的“耍坝子”，难得开了一回眼界。

辽阔草原花似锦，
藏家儿女耍坝子。
帐篷成排人欢笑，
热闹胜过赶集市。

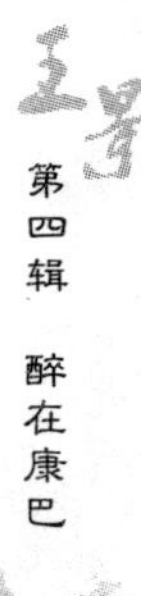

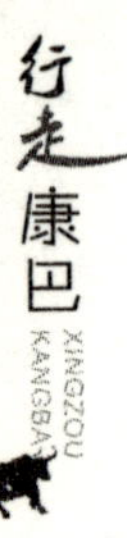

斜阳西下

站在高原的傍晚，看到阳光透过云层，穿过天地间的空旷，把炽烈而温柔的光线倾洒到崇山峻岭，描绘出一幅优美的景象。谁说太阳就要落山？不！她的光芒永在，正化作新的能量蕴藏于高原万物，将很快点亮黑暗。

西边太阳快落山，
万丈光芒化彩线。
高原万物沐斜阳，
叫我如何不留恋？

康巴汉子

额头上写满岁月的沧桑，眼眶里闪烁信仰的光芒，骨骼中浸润雪山的气质，胸腔内容有草原的宽广，血管里响着马蹄的声音，浑身透着野性的张扬。这，就是康巴汉子给我的深刻印象！

粗犷豪爽康巴男，
血气方刚多剽悍。
疾恶如仇胆魄壮，
马蹄驶过山摇撼。

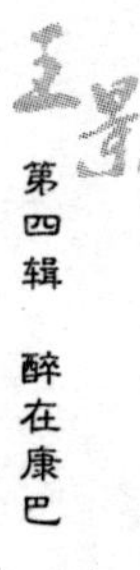

康巴女人

早知道《康定情歌》中说康巴女人是“人才溜溜地好”，走进康巴后才真正深晓。她们大多身材修长，容貌端庄，目光清纯，肌肤泛红，能歌善舞，勤劳善良，浑身透着高原特有的雪山灵气。行走康巴藏区，那些在路旁、草地、藏寨所遇到的姑娘，皆具有一种不加雕饰的自然美，看过便很难忘记，她们的身影会随你的心行走天涯。

一袭藏装好身材，
两颊红云添风采。
浅笑质朴略含羞，
目光清澈惹人爱。

高原赤子

这是一位典型的康巴汉子：天庭饱满，浓眉大眼，腰板笔挺，身材魁梧。然而，为了崇高的事业和康巴藏地的幸福安康，年仅53岁便倒下了，把生命献给了雪域大地，被誉为“高原赤子”。他叫毕世祥，一位心里装着百姓、系着民生，有着雪山般高洁品质和草原般大爱情怀的藏族领导干部。行走康巴，时常听到藏地群众念叨他的名字，讲到他的事迹，我被深深地感动着。

康巴汉子多刚烈，
壮士为民洒热血。
大美之地埋忠骨，
世祥英魂共雪域。

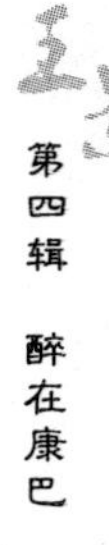

注：毕世祥，男，藏族，四川省丹巴县人，甘孜州委常委、宣传部长。2013年12月16日，毕世祥率队从康定前往新龙县开展群众工作，在途中翻越海拔4412米的高尔寺山时，因天大雪，道路结冰，发生事故，毕世祥不幸因公殉职，时年53岁。中共四川省委追授其“实践党的群众路线优秀党员领导干部”称号。中共中央组织部追授其为“全国优秀共产党员”。

藏女翁姆

行走康巴，结识不少优秀的康巴女人，翁姆给我的印象尤为深刻。她生长于康巴大地，雪山圣湖给了她天生的丽质和灵性；她当过兵，性格里不乏军人的机警、坚毅、豪爽和血性；她伶牙俐齿，能言善辩，滔滔不绝的话语像连珠炮一样让人应接不暇；她能歌善舞，顾盼生辉，歌舞一曲足以倾倒八方；她有一个汉族丈夫和一个乖巧女儿，藏汉一家、幸福和谐的民族团结家庭为她奠定了干事创业的坚强后盾。在她的身上，我真切看到了康巴藏地的风采和希望。

天生丽质康巴女，
不乏军人豪爽气。
能歌善舞会说道，
见多识广少人比。

注：翁姆，四川甘孜州政府藏族女干部。

拉姆印象

那一天，我行走康巴来到道孚，一路颠簸，颈椎腰椎受损，疼痛难忍。是她，很快叫来了医生为我治疗，还从自己家里拿来药物给我服用，跑前跑后，关心备至，体贴入微。那一刻，我这个远离故乡的游子，顿感无比温暖，如同回到家里一样。也就在那一瞬，我记住了她，身材修长、明眸皓齿、性格开朗、热情大方的藏女拉姆。从她的身上，我看到了康巴人的热情和真诚，看到了藏民族的勤劳和善良，切身体会到藏汉团结、亲如一家的美好情愫。

身材修长个高挑，
明眸皓齿面带笑。
勤劳善良且温柔，
尽展康巴藏女娇。

注：拉姆，四川甘孜道孚县藏族女干部。

第五辑

雪域情怀

雪域情怀

依依地，离别了康巴雪域。然而，我的心，我的情，从来不曾离去。那些惊喜，刻在了冰山雪峰；那些欢愉，播进了草甸原野；那些热恋，融入了湖泊河流；那些感动，填满了沟壑峡谷。所有刻骨铭心的眷恋和挚爱，都停留在雪域。

圣洁康巴美无穷，
惹我流连惹我愁。
雪域情怀凝心结，
思恋相伴到白首。

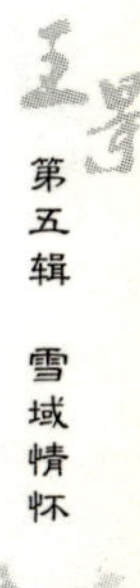

浪迹雪域

在康巴行走，自诩浪迹雪域，像鸟儿在天空，自由地飞翔。可抖落郁闷，可漂泊困惑，可开阔视野，可放飞思想。让幽谷的风雨给一次痛快的洗礼，让高原的阳光把心境彻底照亮。去寻找久违的快乐与希望，去找回丢失的纯真与梦想，在风雨兼程的奔波中，探寻人性最美、最炫的光芒。

背负行囊走四方，
浪迹雪域最理想。
圣洁高原塑魂灵，
人归本真脱伪装。

雪域超度

行走康巴，感受到神秘的力量。菩提之爱的清泉，浇灌出慈祥与善良。靠在玛尼堆上，听见一群灵魂在歌唱。那风中的经幡，飘飞着古往今来的祈望。风声、钟声、诵经声……敲打着雪域的寂静，空旷的原野，我的心哟，从未跳动得如此强劲。曾经浮躁的灵魂，栖息在这大美之地，劳累、苦闷、困惑、委屈…… 被天籁之音淹没，随风而去。

大美雪域可超度，
净化灵魂重复苏。
神秘力量天所赐，
解开心结方顿悟。

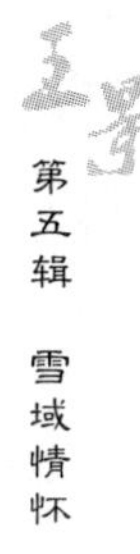

雪域风骨

壮阔的雄浑是你的风骨么？辽远的圣洁是你的风骨么？无边的清爽是你的风骨么？透心的寒彻是你的风骨么？在康巴大地，我在寻找，寻找雪域傲视苍穹的风骨，寻找高原笑对红尘的风骨。其实，雪域风骨并非单一的某种指向，而是综合雪域各种优良品质的一种精魂，已深深浸润于高原万物之中。行走康巴，不见其形，却感觉到她无所不在，时时处处指引着我的魂灵。

雪域缘何傲苍穹？
旷野莽原有风骨。
不羡红尘名与利，
超凡脱俗昂头颅。

雪域遐思

置身雪域康巴，不时想起雪域外的天地。是的，雪域比不上雪域外的发展，但原始古朴、幸未污染的自然生态却是其得天独厚的宝藏。正因为如此，才有雪域的宁静、清爽和圣洁，少了那些无休无止的喧嚣、雾霭和尘埃。徜徉于这样的自然生态中，心情自然舒畅，精神也会抖擞起来。在雪域天底下静静地走，去任何能够想去的地方，放牧灵魂，放飞思想，还生命几分自在和欢悦，实乃人生幸事。

行走雪域常思忖，
原始未必就落后。
着力环保绝污染，
生态照样竞风流。

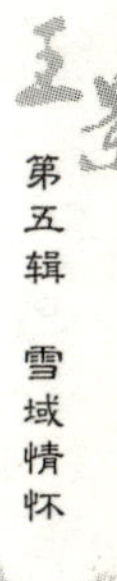

爱在雪域

走进康巴，感动在雪域，禁不住放声呐喊：我爱你，雪域！我爱你的壮阔，爱你的旷远，爱你亘古的神秘，爱你惊世的旖旎，爱你起伏的群山，爱你晶莹的冰雪，爱你清澈的湖泊，爱你坦荡的草地……因为，我是你的儿子啊！你是我生命的永恒！

人生几回走康巴，
爱在雪域放光华。
心系高原伤离别，
纵然天涯也想她。

情系雪域

时光悄悄流逝，不经意间，行走康巴已有些时日，马上就要离别返乡。啊！康巴，圣洁的雪域！我多想变成一朵雪莲花，静静绽放在你的峰巅，怀揣一个美好的梦想，与你结下永恒的情缘。

行走康巴光似箭，
每临返程总依恋。
恨不化做雪莲花，
共与雪域览云天。

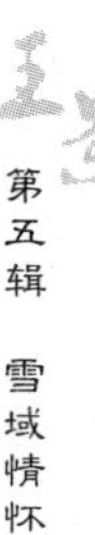

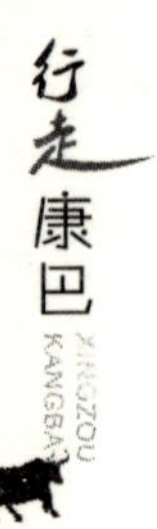

雪域飞鹰

午时，几只雄鹰从头上飞过，痴恋雪域的翅膀，挥动着高原的沧桑，拨动着我的心弦。举目望去，飞鹰扑展遒劲的双翅，盘旋在雪山草甸之上，俯瞰雪域大地，风度翩翩，极其洒脱，逍遥快活，悠然自得，让人心生无限遐想。

苍鹰展翅飞长空，
俯瞰雪域极从容。
何方借我双羽翼，
扶摇直上栖冰峰。

雪域之雪

行走康巴，钟情于雪域之雪。她是那样清白，不带一点世俗的杂质；她是那样晶莹，通体闪烁着圣洁的清辉；她是那样坚韧，始终有一颗不惧高寒的勇敢之心。多想化作雪域的一朵雪花，在纯净无瑕的世界，洗去浮华，安然一生。

雪域之雪非等闲，
远离尘嚣最近天。
矢志不渝清白身，
一片冰心耀人寰。

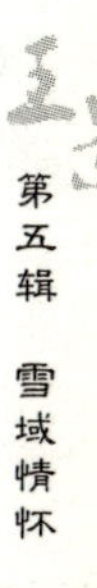

雪域之静

置身雪域康巴，感受着超然的宁静。山水无语，草木无言，天地无声。雪域的一切都默默坚守在各自的位置，没有不满，没有怨言，没有躁动，没有争执，有的是平静、安宁、祥和、沉稳。在这能听见自己心跳的寂静之地，我的心也平和了许多，忘记了曾经的不快和烦恼。

雪山冰峰静悄悄，
草地湖泊无声响。
甘守寂寞雪域魂，
心态平稳著华章。

雪域之光

在康巴雪域高原，一座座巍峨铁塔耸立崇山峻岭，一条条高压电线横跨深峡幽谷，那就是承载现代文明的“电力天路”。它给高原带来了光明，给藏区送来了吉祥，被康巴人誉为“雪域之光”。

天路送来万丈光，
雪域无处不辉煌。
日月星辰顿失色，
钦仰电神兴康藏。

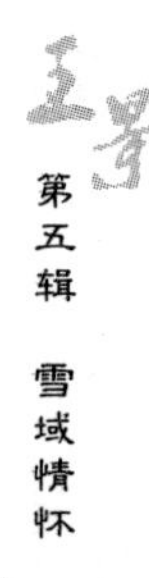

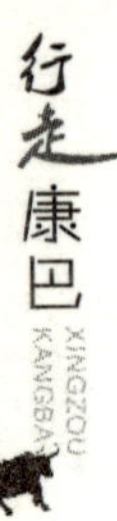

雪域怀古

走进康巴，看见亘古：雪域高原从海上升起，向云空耸峙。生命降临，大地复苏，山川披锦。人在劳作，佛在吟诵，神在跳舞，一片吉祥。在这远古的世界里，我历经轮回。

高原本从海崛起，
自古雪域圣洁地。
而今我在康巴行，
感慨天地人合一。

雪域冰川

海螺沟，一个远古的神话。在沟里寂静的冰谷中，我真切地感受到一种惊世骇俗的壮美。瞬时，心就像被冰雪冲刷过似的，陡然铮亮，一下顿悟：人生的那些明争暗斗，那些尔虞我诈，那些追名逐利，真是太渺小了，渺小得不如这冰川上的一粒沙碛。

天生一个蜀王山，
海螺远古留冰川。
攀缘而上仰天吼，
灵魂洗雪顿释然。

注：海螺沟位于康定境内，沟里的庞大冰川，历经千古不变，气势磅礴，蔚为壮观，堪称“世界绝景”。

雪域温泉

康巴雪域，温泉漫涌，尤以海螺沟冰川温泉最为不凡。你看，冰雪世界中的露天温泉，泛着蓝色光辉，蒸汽滚滚腾空，使原始森林中的绿树与奇花异草朦胧一片，影影绰绰。泡在热烫的天然温泉里，透过氤氲升腾的水汽，看着周围白雪皑皑的雪峰，我的思绪也不由自主地随着雪花从天幕中飘洒下来，在空中徐徐地飞舞。

雪域泡汤赏冰川，
氤氲世界如梦幻。
可惜天水只浴身，
难以洗心祛俗念。

雪线小吟

行走康巴，晴朗的时候，能清晰地看到高山峻岭中有一条黑白分明的界线横过山腰。线以上是银光闪烁的冰雪世界；线以下一个个自然带像涟漪一样，一圈圈地荡漾出去，越往下越充满生机。雪线，一条壮丽的景观分界线，一条清晰的高原生命线。驻足仰望，吟涌心底。

目极雪线横山腰，
黑白分明两妖娆。
银光闪烁冰雪美，
生机盎然景亦娇。

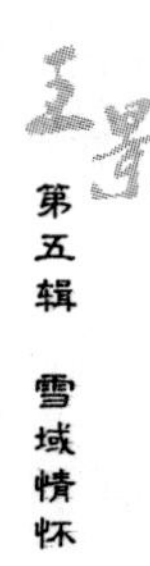

雪域印象

从康巴归来，有人问我对雪域高原的印象，我是这样描述的：山高，地阔，湖多，水蓝，峡深，谷幽。天空格外近，仿佛伸手就能抓一把白云；冰峰很神秘，时隐时现，变幻莫测；牛羊像云朵，在草原上游动，飘忽不定。而那躺在雪山莽原怀抱里的湖泊与河流，宛若一双双纯净的眸子，深情地凝视着雪域蓝天下的一切。

高山仰止峰插天，
云中雪岭时隐现。
峡谷草甸群峦藏，
海子清澈水蔚蓝。

雪域之恋

见过许多名山名峰，数雪山冰峰最圣洁；见过许多名川名湖，数高原湖水最清澈；见过许多名花名草，数格桑梅朵最美丽；见过许多名歌名舞，数藏歌藏舞最精彩…… 不管我走到哪里，雪域高原都是永远的眷念和珍藏！

凡身早已下高原，
心魂还在高原上。
雪域宛若我恋人，
情迷雪域永难忘。

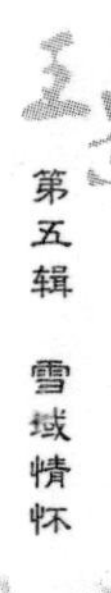

雪域感怀

盛夏时节，独立雪域高原，博览群山，情倾雪峰。感曰：雪域高原之上，雪山最美，冰峰最靓。她们之于层峦叠嶂真如鹤立鸡群，其玉洁冰清之品质和风采，无愧真英雄之谓也。

独立盛夏览群峰，
冰山雪岭真英雄。
层峦叠嶂谁最靓，
银冠晶莹耀天宫。

雪域的云

走在康巴，我惊叹于雪域的云。雪域高原是云的故乡，大团大团的洁白云朵，飘浮在湛蓝的天空，既浓重，又轻柔，如诗，如梦。它们绝不墨守成规，时时都在变幻和创新，形态万千，花样百出。有时像雪白的羊群，有时似奔腾的战马，有时如燃烧的烈焰，有时若汹涌的海浪，千奇万巧，从容飞渡。雪域的云，常使人遐想联翩。它们的洁白之躯，仿佛成了心灵远游的载体，寄托着人们的留恋与追求。

千奇万巧高天云，
花样百出时时新。
纵然形态各不同，
终是纯粹洁白身。

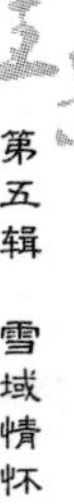

雪域远山

远山是雪域的一道靓丽风景。那一天，静候在雪域的清晨，终于瞧见，你在晨曦中的倩影；那一刻，行驶在雪域的山脊，蓦然发现，你在夕照下的雄姿。啊，雪域远山，无论我怎么拍摄，也难以记下的你的魅力。

沉沉一线横天边，
隐隐悬浮白云间。
日出日落皆辉煌，
雪域此景最不凡。

雪域秘境

真是没有想到，在这片几乎与世隔绝的雪域深处，居然有这么一个美得让人窒息的地方。她叫措普沟，位于理塘与巴塘之间的巴塘境内，由于道路崎岖、游客罕至而成为秘境。正因为如此，这里的一切都是原生态的，雪山、湖泊、森林、河流、峡谷、瀑布、温泉、草原等，净而又净，纯而又纯。经过艰难跋涉，我们来到这里，轻轻走在这块净土上，静静品味着她的宁静、圣洁和美丽。

雪域秘境高清纯，
原始生态勾心魂。
天堂隐世少人知，
古朴旖旎绝凡尘。

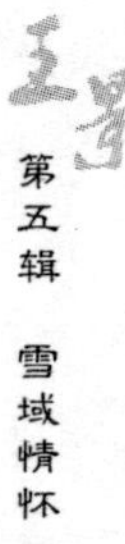

雪域消夏

七月、八月的成都，正是持续高温、酷暑难耐的时候。而在康巴雪域，却格外凉爽。这里的夏日，平均在12～25℃左右，阳光虽然很强，却一点也不袭人。雪山冰峰消去几分暑气，草原圣湖送来几多清凉，还有那潺潺溪流、青青草场，都给人带来惬意和舒畅。行走雪域，头顶骄阳不热，步履匆匆无汗，哪像在成都，即使躲到阴凉处也是浑身冒汗，整天像洗桑拿似的。康巴雪域，避暑天堂，果然名不虚传。

炎炎暑天烈日狂，
试问何处觅清凉？
雪域康巴好去处，
消夏避暑是天堂。

雪域石林

雪域也有石林，就在道孚八美。登上观景台，可见整个石林景区辉映蓝天，群峰汇聚，参差嵯峨，万塔林立，千峰竞秀。神奇的是，受周围环境的影响，八美石林因特殊成因和构造会有“变质”反应，在不同季节会呈现出不一样的美。夏天，在青山黛翠的映衬下，石林泛蓝，像是缀在五彩地毯上的宝石；秋天，在金黄衰草的烘托中，石林飘丹，像是在浴火中重生。游毕，众人叹曰：天下石林如云，但像八美石林这样的“变质石林”极为罕见，真乃雪域高原上的一道奇观。

天下奇观知多少，
八美石林谁人晓？
有幸顺道今亲临，
惊叹雪域藏瑰宝。

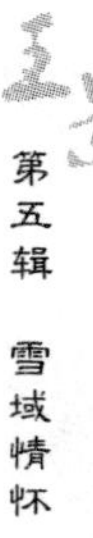

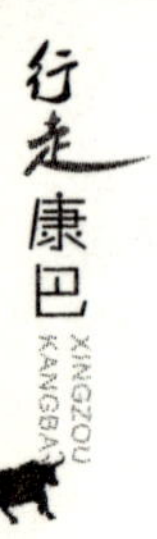

雪域经幡

经幡，印着圣洁佛经的五彩布帛，在康巴雪域随处可见。在高高的山口，她随风飘舞，撒播吉祥；在青青的湖畔，她日夜吟诵佛的精髓，祈祷安康；在静静的藏寨，她猎猎飞扬，拂去不祥的天象。信徒们说，雪域有她强劲的舞动，圣地净土永世吉祥。

五彩布帛五彩风，
凝结教徒吉祥梦。
藏地信佛千古远，
祈愿皆寄幡动中。

雪域林海

莽莽雪域高原，不仅有雪山草甸，也有不少原始森林。这些森林犹如镶嵌在雪域的一块块翡翠明珠，点缀了高原绚丽多彩的风景。

山高峰叠白云蒸，
草绿松翠皓雪明。
雪域处处皆是画，
林海苍苍乃佳景。

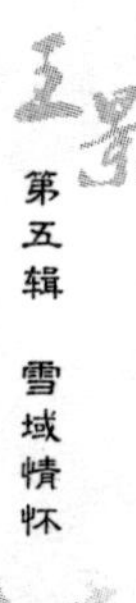

雪域风情

在康巴藏地行走，浓郁的雪域风情扑面而来，足以陶醉每一个路人。那美丽的藏寨，那风中的牧歌，那奔腾的骏马，那成群的牛羊，那白色的帐篷，那草上的炊烟……把康巴藏地的雪域风情演绎得淋漓尽致。

山环水绕绿掩寨，
牧歌悠扬风里来。
藏家儿女马上飞，
草地花间帐成排。

雪域红沟

在康巴雪域，离康定不远有一个红红的山沟，那里的每一块石头都被乔利橘色藻披上了一件美丽的红色外衣，红石在山谷、河流两旁堆积，成片的红石变成跳跃的音符，在雪山的映衬下，气如长虹，瑰丽壮美。

冰峰相连一沟壑，
沟里红石缀满坡。
红石夹道泻清泉，
宛若彩虹伴银河。

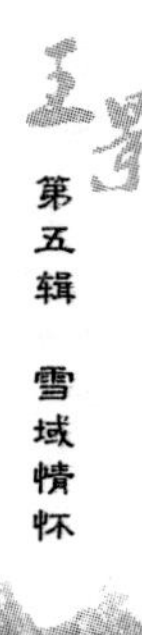

雪域红滩

红石沟红石如虹，红石滩红石似火。在雪域红沟下面，在清波奔泻的滩地上，红石铺天盖地，摆了好大一片，像燎原之火，熊熊燃烧着。红的石块，白的急流，绿的山林，以及青青的灌木、茵茵的草丛，以及各色野花，在滩地里组合成一幅五彩纷呈的图画，美轮美奂，着实迷人。

雪融之水流山谷，
滩上红石夺人目。
石红水白绿掩映，
此景难得几回睹？

雪域红山

从康定到雪域红沟、红滩，途中要翻越一座大山，公路两旁红石遍布，十分引人注目。看着这些红石，我想很久以前这里必定发生过激烈的鏖战，死者的鲜血浸透了山地，染红了石头。如今，逝者已矣，红石却仍在，以火焰般的红述说着远古冤屈。

遍山红石对苍天，
默默无语诉沉冤。
草木映衬石更红，
观石无人不惊叹。

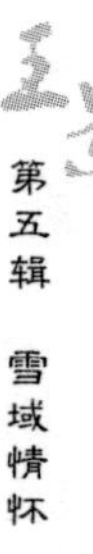

雪域骑游

在横贯康巴雪域的川藏线上，无论是崎岖蜿蜒的山道，还是顺畅无碍的坦途，都有问鼎天路、艰难跋涉的骑游者在奋力前行，他们是无畏的勇者，是力量之美、坚韧之美的象征。

休得小瞧自行车，
轱辘飞旋上云层。
何惧天路艰与险，
勇者骑游敢攀登。

雪域草原

雪域与草原，在康巴得以完美结合。那一天，与友人相约走进雪域草原，皆陶醉于草原风光。有人说草原如诗，有人说草原如歌，有人说草原如画……我说，草原更像一位绝代佳人，容貌出众，顾盼生辉，婀娜多姿，楚楚动人，任何男子与之邂逅，定会一见钟情。众友认同，皆云真的被她迷住了。

高天蓝蓝舞云裳，
四野茫茫远山苍。
袅袅炊烟草上起，
牧歌随风飘四方。

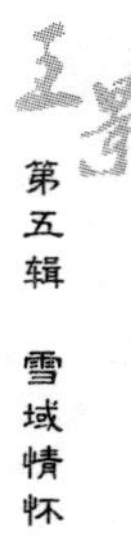

雪域江河

雪域高原，江河纵横。流经石渠、新龙、雅江数县的雅砻江，是康巴雪域一条典型的高山峡谷型河流，地势险峻，河水深切，水流汹涌，沿岸风光壮美。

发自冰峰纳众流，
纵横千里向溟陬。
深山峡谷汹然过，
雪域云光一弄收。

雪域峡江

在康巴雪域的江河中，最为著名的当数汹涌澎湃的大渡河了。古往今来，这条河不知上演过多少英雄的故事！那惊涛拍岸的轰响，夹杂着或悲壮，或惨烈，或豪迈，或凄凉的历史述说，有多少后人能听明白？

一江汹涌走深峡，
两岸峻岭耸绝壁。
惊涛拍岸声回响，
高低强弱皆壮烈。

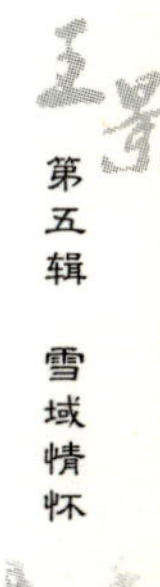

登高雪域

在康巴雪域高原，我对朋友说：如果还有足够的力气，就去登高，去领略雪域高原苍山似海的风光；即使没有足够的力气，也要去登高，去欣赏高山河谷在身边环绕的美景。

苍山似海高原景，
惟有登高方览尽。
无限风光在雪域，
放眼一望心胸明。

雪域白塔

在康巴雪域高原，到处可见雄伟佛塔。途经道孚，最抢眼的建筑物，莫过于那座由十世班禅大师生前选址并题名而建的尊神白塔。塔的四周建有一批转经筒，许多信教群众朝夕诵经祈祷，宗教色彩甚浓。即日登临，犹见尊神，如闻禅语，有茅塞顿开之感。

登临白塔眼界开，
尊神劝慰荡心怀。
世间万象皆过客，
功名利禄乃尘埃。

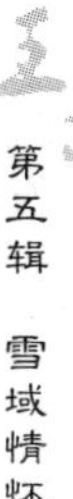

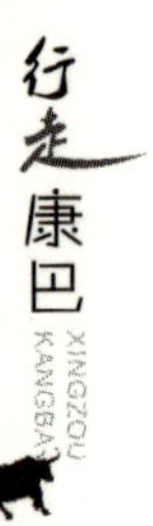

雪域古城

在康巴雪域，古城不少，其中数溜溜城最为有名。说是古城，其实是康定城区内经过风貌整治的一条老街，再现了旧时茶马古道商贸重镇的“旧貌”，整条街古香古色，历史文化与现代文化巧妙融合，是领略康巴风情的最佳去处。

雪域康定溜溜城，
古色古香老街景。
再现茶马古道风，
弥漫浓郁康巴情。

雪域新村

行走在雪域康巴，青山绿水间，不时有漂亮整洁的牧民新村映入眼帘。藏族友人告诉我，这是近年来政府为藏区广大游牧民统一规划、修建的牧民定居集中安置点村寨。广大藏族牧民从此结束了祖祖辈辈逐草而居的漂泊日子，与现代社会及文明接上了轨，享受到我国改革开放和经济社会发展的成果，生活变得越来越美好了。

从来牧民逐草居，
马背为家漂四野。
而今栖身定居点，
新村漂亮且整洁。

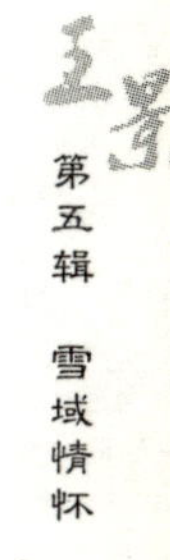

雪域生态

过去，由于不注重草原生态保护，雪域康巴的草原严重退化，一些草场出现沙化、石漠化、盐碱化现象，绿色原野逐年褪减。自国家实施“退牧还草”生态治理保护工程以来，这种情况才得以有效遏制。如今的雪域草原，生态复苏，绿草茵茵，碧野连天，充满生机和活力。

往日草场欠护理，
环境恶化褪绿影。
退牧还草保生态，
如今原野草茵茵。

雪域情结

几回行走康巴，不仅领略到高原的壮美和旖旎，更是滋生了一种与高原相通的雪域情结，如炽烈的火焰燃烧在胸襟，使我的灵魂蓦然升华，好像凤凰涅槃似的。这是一种什么样的情结呢？慢慢地，我终于明白，高远、沉稳、质朴、厚重的雪域品质已潜入我的魂灵，我与雪域心相通，两相融合，凝聚成结。

行走康巴不枉走，
雪域品质重塑我。
心凝雪域情结深，
何愁凡尘浮躁多？

雪域之魂

雪域有魂吗？当然有魂。如果说冰是睡着的水，那么，雪就是水之精灵，是飞舞的雪域之魂。我爱美丽的雪域，更爱圣洁的雪域之魂。

漫天飞絮舞翩跹，
高天雪域银光闪。
纯洁心魂从未改，
一片清白照人间。

雪域悟雪

躺在雪域，任漫天飞雪破天而下，洒落脸庞。赏雪，读雪，品雪，探雪，俨然走进了雪的内心世界。雪之内涵，博大精深，从其清白的身躯到纯净的魂灵，无不环绕着圣洁的光晕。在这炫目的光晕里，我发现一个大大的“廉”字，蓦然顿悟，破解了雪之圣洁的密码。

雪盖雪域雪皑皑，
银光世界尽清白。
透过清白见廉心，
顿悟廉生清白来。

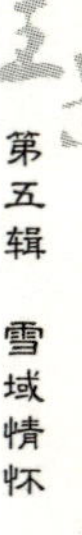

雪域放歌

金色的高原，圣洁的雪域。行走康巴，时时感动在如诗如画的风景里。多想敞开喉咙，亮开嗓子，放声歌唱。我知道，任何一个音符都不能表达我对雪域的深深爱恋。但是，我还是要唱，因为雪域已融化在我的血液里，化作生命的基因。我为圣洁的雪域放歌，灵魂随着音乐翩翩起舞，生命在旋律中永恒。

云上雪域接广寒，
玉宇清澄天地间。
我为圣洁歌一曲，
天界神灵齐点赞。

雪域如家

一颗漂泊的心，哪里有关爱，哪里就是她的港湾；一个流浪的人，哪里有温馨，哪里就是她的家园。在康巴高原，无论我走到哪里，都能见到藏族朋友的笑脸，感触到雪域藏地的浓浓情谊。

雪山含笑迎远客，
草地开怀捧热情。
浪迹雪域不孤独，
藏地温馨暖吾心。

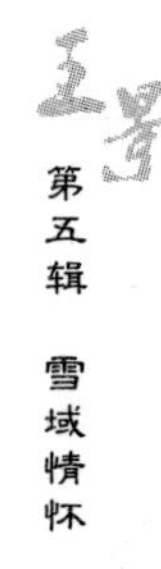

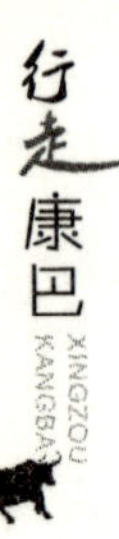

钟情雪域

雪域高原——一块圣洁的净土，将我的心紧紧吸引。多少次心驰神往，多少次梦绕魂牵，多少次行走徜徉，多少次流连忘返。行走康巴，雪域给我留下了深深的印象，带给我的美感和愉悦终身享用不尽。

盘古开辟美神州，
遍是佳景满目秀。
独有雪域更钟情，
梦里也在自驾游。

雪域问天

雪域一贯天蓝，万里长空清清如许，秘诀何在？行走康巴，常仰首探究，寻求真谛。

为究穹秘上高原，
一片真诚问苍天。
何以长空净无瑕？
只因劲风扫尘寰。

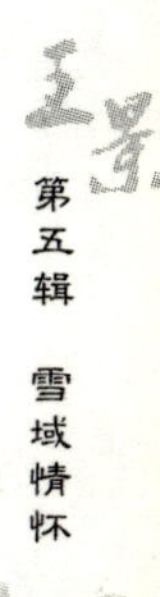

雪域感山

行走康巴，感慨雪域万物，尤以感山最甚。雪域之山，当以沉寂安稳为著。游历高原，徜徉层峦之间，不由襟怀坦荡，一如群山之态，除却几多浮躁和杂念。

襟怀坦荡走高原，
感慨沉寂万重山。
自古层峦多安稳，
除却浮躁历千年。

感恩雪域

行走雪域康巴期间，适逢举行“2014道孚感恩郫县行”系列活动。道孚县请我为该活动写一首感恩对口援建县郫县的歌词，谱曲后在感恩晚会上作为主题歌演唱。盛情难却，欣然应允。此前，雪域山水给了我不少诗作灵感。同样，当我看到近十年来在道孚乃至康巴大地上崛起许多新的学校、医院、电站、厂房、藏寨、公路等援藏成果时，文思如泉，凝聚笔端，一气呵成，连续写下两首相同主题的歌词（附后）。余以为，这两首歌词紧扣时代、援藏主旋律，既有地域特指，又能覆盖康巴地区，如果谱曲和演唱发挥好了，可成为内地援建藏区的主题歌广泛传唱。康巴感恩内地援藏，我感恩雪域给了我创作的灵感。

自古山水酿文采，
诗情滔滔如涌泉。
感恩雪域好景致，
激我拙笔生灵感。

附："感恩郫县"相同主题歌词两首

一、感恩郫县

雪山下，有你们忙碌的身影；
草原上，有你们奔波的足迹。
你们用智慧的火花，
点燃了道孚的希望；
你们用真情的付出，
助推了康巴的发展。
感谢郫县，感恩郫县，
永远铭记着你们的对口支援。
十年援藏路，
两地结深情；
兄弟同心，
携手向前。

鲜水[①]畔，有你们挥洒的汗水；
马驹[②]旁，有你们播种的理念。
你们用滚烫的爱心，
温暖着雪域的情怀；
你们用圣洁的友谊，
渲染着高原的风采。
感谢郫县，感恩郫县，
永远忘不了你们的无私奉献。
十年援藏路，

两地不了情；
藏汉一家，
共创未来。

二、不忘援建情

是谁？挟着古蜀的雷电，
激发了麦粒神山③！
爱心洒播康巴，
真情润泽高原，
让古老的藏地焕发青春，
抖出靓丽的风采。
啊，郫县，
你们的高风亮节，
道孚山水深深镌刻。
不忘援建情，
兄弟携手，阔步朝前迈。

是谁？携着现代的春风，
吹活了鲜水河畔！
智慧奉献康巴，
科技武装高原，
让圣洁的雪域展翅高飞，
翱翔祖国的蓝天。
啊，郫县，
你们的深情厚谊，
道孚人民牢牢铭记。

不忘援建情，
藏汉一家，奔向新时代。

注：①鲜水：鲜水河，道孚的母亲河。

②马驹：道孚城外有座小山形似“马驹”，历史上曾将道孚称为“道坞”，藏语意为“马驹”，如今，民间常以马驹代指道孚。

③麦粒神山：道孚城边上的一座神山，形似用麦粒堆积起来的山，朝拜者甚多，宗教色彩浓郁。

相似瑞士

我没有去过瑞士，但见过不少瑞士风光的图片。行走康巴，我发现这里的好多风光与图片上的瑞士风光十分相似，很迷人。对瑞士风光，我不敢妄加评论。但对康巴风光，我只想说一句话：特有震撼力——美得令人惊叫，美得令人心醉。

都说瑞士景色佳，
康巴景色也不差。
诸君何须瑞士行，
同样风光在康巴。

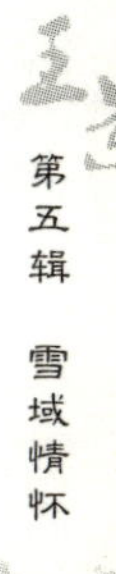

美冠神州

2006 年 8 月至 2007 年 7 月，我曾利用转业待安置的机会，遍游祖国名山大川。如今来到康巴，竟然对这里的高原风光情有独钟。

往日游历大神州，
见过不少好风景。
如今行走康巴地，
迷人风光醉心魂。

不逊澳新

2010 年，我曾游览澳大利亚和新西兰，觉得那里的自然风光不错。几回行走康巴，将其与澳新风光相较，觉得康巴在生态原始化、自然纯洁度、岁月沧桑感和景色多样性等方面更胜一筹。也许康巴地域宽广，美的地方太多了，这一点，澳新是无法比拟的。

曾经越洋达彼岸，
周游澳洲新西兰。
澳新风光固然美，
稍逊康巴好河山。

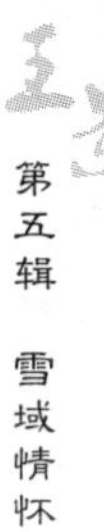

附：微信朋友圈读诗感言摘录

1. 画家朋友李兵（省文联党组副书记、副主席，一级美术师）

我曾经在康巴藏区工作、生活了十年，写生足迹遍布西藏和青海、云南等地，看到你对康藏高原的热爱和洋溢的诗才，很是佩服。

——读《立体草原》感言

好景，好文，好诗。

——读《龙灯草原》感言

好一句“城区高上白云巅”！

——读《世界高城》感言

2. 政界朋友陈世云

所发微信图片很美，配发的诗文也很美，尤其是诗的小序，文字简朴工整，清新靓丽，是不错的散文诗、抒情诗。期待看到更多的行走康巴图文。

——读《壮美高原》感言

景色宜人，诗歌优美，图文并茂，别具一格。

——读《朝圣之路》感言

3. 军界朋友王涛

雪域高原是一片圣地，你的图文很好地诠释了她的圣洁和美丽。我曾随部队在那里执行过任务，看了图文又激起了我对那片圣地的美好回忆。

——读《高原之美》感言

景丽，文美，诗佳，情真，志宏，理胜。

——读《雪域情怀》感言

4. 警界朋友彭松光

山水美，意境美！从诗人心底涌出的灵感、妙语更美。读了你的诗，把我引到了康巴藏地，引到蓝天白云下，引到了雪山草地，引到了人间仙境。

——读《雪域风情》感言

高原风光好，诗文展才华。感谢王景兄传来高原风光照片和佳词美诗！

——读《姊妹圣湖》感言

诗画双绝！“红石夹道泻清泉，宛若彩虹伴银河”，妙语！佳句！

——读《雪域红沟》感言

“满朝文武势不单，却派文成嫁松赞，江山一统留胜迹，女烈护国千古传。”读王景兄诗，信拈打油数语唱和。

——读《文成古庙》感言

5. 商界朋友李晓冰

图片的确很美，高原风光着实迷人。我更欣赏你的诗文，不足百字，短小精干，意蕴丰富，令人耳目一新。

——读《醉在康巴》感言

6. 教育界朋友高岭

老兄的诗很自然，看似信手拈来，其实在锤词炼字上还是很讲究的，读后受益匪浅。

——读《沧桑之美》感言

7. 作家朋友陈涛

老兄的“行走康巴”诗文很有特色。小序如诗，绝句似画，浑然一体，相辅相成，可圈可点，佩服佩服。

——读《康巴汉子》感言

8. 美籍华人朋友梁廷茹

风景美到极致，诗歌赏心悦目。

——读《圣湖之美》感言

你每一次发的图文，都给我美好的想象。图文并茂，好景好诗，美哉快哉！

——读《三江源记》感言

才子佳诗配美图，红石白水伴蓝天。红蓝绿白神调和，唯有天公有此作。

——读《雪域红滩》感言

图文并茂的行走康巴随记，景美，文好，诗佳，完全可出本书了。我真心期待着。

——读《弯弯河流》感言

9. 国企朋友汪峰

高原如此多娇，引无数游人竞折腰；图文如此美好，令多少朋友心向往。你等着，我将步你后尘，自驾行走康巴。

——读《蓝色海子》感言

老朋友真能坚持，几个月过去了，你的“行走康巴随记”微信图文竟发到 129 则了。感谢老朋友给我们带来了美的享受。高原风景美，文字诗歌更美。敬佩！

——读《大渡河畔》感言

10. 民企朋友黄明良

看了你拍的照片，读了你的诗文，我都很想进川藏线看看康巴的人文与自然，去清洗心灵中因久居城市而生的浮躁，希望在那里感受朴实无华的人生。

——读《雪域江河》感言

11. 军旅诗人魏红廷

读了“行走康巴”系列诗文，领悟到你在创作形式上的创新。你写七言绝句，精于格律又不完全拘守格律，娴熟运用现代语句，顺应了诗词创作“求正变容”的历史大趋势，在下很是钦佩。

——记《沉醉多彩》感言

12. 转业军官王晓宏

言山言水言志，感人感事感景，字里行间蕴含深刻的寓意，老友懂得你的心。

——读《雪域情怀》感言

13. 转业警官魏超刚

读了你的诗文，真切感受到了图片中溪流的动感和灵性！

——读《爱上溪流》感言

景是诗的源泉，诗为景的内涵，是你将景与诗做出美的呈现。

——读《深山峡谷》感言

圣洁的山，虔诚的心；如画的诗，凝重的魂。

——读《佛教圣地》感言

14. 知青朋友张成林

诗中所写都是你的亲历亲见亲感，贴近实际，贴近生活，读来亲切，启人心智。

——读《格桑梅朵》感言

15. 老同学郑泽光

好地方，好风景，好照片，好诗歌，好文采，好雅兴。

——读《雅拉雪山》感言

从诗中看到，你已完全融入康巴的圣洁与纯净之中，心灵受到洗涤，思想得以升华。

——读《愧不如草》感言

16. 老战友汪成全

诗写得不错。触景生情，兴来落笔，讲究工整，讲究意境，讲究词句的调遣和语言的技巧，读了深受启发。

——读《新都桥记》感言

这是你行走康巴的第120首诗记了。每一首我都认真拜读，既领略到高原的风光，又受到志与智的启迪，真是受益匪浅。赶快出本诗集吧，我将好好收藏。

——读《印象高原》感言

17. 书法界朋友曾林全

诗中有好景，有真情，有思想，蕴含许多发人深省的真知灼见。期望以后能将其汇编出版，让更多的人欣赏康巴风光。

——读《朝圣之路》感言

18. 藏族友人拉姆

美！景美文美，美得令人沉醉！

——读《高原月夜》感言

读了你的诗，我才发现，康巴绝美，原来我们生活在如此绝美的天堂。

——读《圣洁高原》感言

19. 藏族友人翁姆

你发的图文，真美！

——读《又到塔公》感言

20. 纪检朋友王昌荣

美文好图。

——读《雄浑高原》感言

好文好诗好图片。

——读《静听花语》感言

21. 转业军官丁宗进

美景配美文，欣赏是眼福。赞！

——读《七色之海》感言

高原美景，优美诗文。

——读《草间野趣》感言

22. 园艺策划黄德芬

好诗，高原风情的真实体现。

——读《佛教圣地》感言

凄美的故事，悦目的风景，优美的诗歌。

——读《雅家情海》感言

你优美的诗歌游记快上百了，出本书吧，让更多的人分享。

——读《色达佛院》感言

23. 电台编辑杨维蓉

好山好水好地方，好文好诗好人才。

——读《鲜水河畔》感言

24. 银行朋友谢娟

从你的图文上，我感觉到一种心灵的洗涤，精神的愉悦。

——读《龙灯草原》感言

25. 保安界朋友华剑

好漂亮的天然景色，好优美的诗歌文字。

——读《卡萨湖畔》感言

美的使者，把美景传递友圈。

——读《醉在康巴》感言

26. 医生朋友王磊

好诗，好风光，好文采。

——读《雪域红滩》感言

27. 老战友何大利

老兄的行走康巴微信图文发了一百多篇了，你能坚持下来，很不简单。我是你的忠实读者，每首诗都让我大受感动。建议老兄将其汇编成书，肯定受欢迎。

——读《神秘高原》感言

28. 老知青周峰

微信图片配诗文，一发就是一百二十多天。我佩服老兄的精神。你的每首诗我都存起来的，是很不错的精神食粮。

——读《穿越江峡》感言

29. 老同学徐大经

老兄看图造句、写诗的本事高呀！不足百字的诗文将所发图片诠释得非常到位，有景，有情，有悟，有味。好文采，好诗才！

——读《雪域秘境》感言

30. 晚辈朋友吴军

照片很美，诗文也美。你的这种散文诗小序和格律诗绝句浑然一体的风格，令我耳目一新。

——读《云在水中》感言

后 记

在朋友们的鼓励、支持下，这本《行走康巴》诗集终于出版了。说是诗集，其实就是游记，只是其中夹杂了几句分行排列的文字而已。

开始，朋友们建议出一本诗画合一的集子。可是，行走康巴的图片均为手机所摄，像素不高，发个微信还可以，印到画册上就有些不如人意了。想来想去，就舍去了出版画册的念头。这样，虽然不能直观地表现康巴风光，却给读者提供了更多想象的空间，从文字中体悟高原的辽远、空阔和旖旎，可能会收到意想不到的效果。

这本集子中的文字，不管是小序还是绝句，皆是身临其境、触景生情的结晶。笔者基本上是先拍摄了图片，发微信时再根据图片内容配些文字，正如朋友圈里有的朋友说的那样，是真资格的看图造句，看图写诗。因为发微信文字不能太长，所以每篇诗文都只能限定在百字左右。要在有限的字数内把康巴美景及观感描摹和表达出来，不是一件容易的事。笔者试图追求完美，却显得力不从心。但是，有一点可以肯定，那就是笔者对康巴藏地的一往深情，充盈在字里行间，浸透了全书纸张。无须多言，读者定当有所悟觉。

祖国幅员辽阔，好山好水好风光多的是，行走康巴所见只是沧海一粟。本集子权当抛砖引玉，讴歌祖国大好河山的

好诗美文定然层出不穷。

最后，谨对支持、帮助本集子出版发行的各位朋友，特别是四川大学出版社的领导及有关编务人员，表示衷心的感谢！

王 景

2014 年 12 月 15 日